헤르만
헤세를
읽다

세계문학을 읽다 4

헤르만 헤세를 읽다

천민진 지음

HERMANN HESSE

머리말

나에게 2022년은《데미안》의 해였다. 두 번째 책의 작가로 헤르만 헤세를 선택한 것은 아마 나의 오랜 무의식의 끌림이었을 것이다. 《데미안》에는 "새는 알을 깨기 위해 투쟁한다. 알은 세계이다. 태어나기 위해선 반드시 세계를 깨뜨려야만 한다. 새는 신을 향해 비상한다. 그 신은 바로 압락사스."라는 유명한 구절이 있다. 이 문구를 읽은 뒤, 내 마음속에서《데미안》은 언젠가 도전하고 싶은 과제로 자리 잡았다.

헤르만 헤세를 주제로 새로운 집필을 약속한 2022년에 나는 인간관계 속에서 반복되는 고통과 개인적인 우울감으로 심리 상담을 받았다. 그리고 그 과정에서 앞서 언급한《데미안》의 문구가 어떤 의미인지 절실히 깨닫게 되었다. 상담 과정에서 내가 느꼈던 고통과 희열은 책 속의 싱클레어와 놀랍게 닮아 있었다. 처음으로 책을 읽으면서 한참을 서럽게 울었다. 그렇게 무의식의 끌림은 나의 운명으로 다가왔다.

나는 엄한 아버지 밑에서 자랐다. 그래서 스무 살이 되어서도 무얼 할 때마다 아버지께 혼나지는 않을까 고민하는, 무늬만 성인인 아이였다. 그때 대학교 교수님께서 내게 해주신 말씀이 아직까지

기억에 남아 있다. 상담 중 나의 상태를 알아채신 교수님께서는 이렇게 말씀하셨다. "민진아. 너는 앞으로 아버지와 싸워야 해. 너는 너의 부모님과 싸워야 해." 당시에는 이 말이 무슨 의미인지도 모른 채 그저 겉으로만 "네." 하고 대답했다. 그리고 속으로는 '아버지랑 어떻게 싸우라시는 거야? 화내고 혼내실 걸 뻔히 아는데. 나는 못할 거야.'라고 생각했다. 그 말이 정말로 아버지와 싸우라는 것이 아니라 나의 내면에 자리 잡은 아버지와 싸우라는 말이라는 것을, 나는 서른이 넘어서야 알게 되었다.

학교에서 《데미안》을 읽었다는 학생이 있어 너무나 반가운 마음에 읽고 나서 무엇을 느꼈느냐고 물었다. 그러자 그 학생은 시큰둥하게 나를 바라보면서 "무슨 말인지 모르겠어요. 내용이 너무 어려워요."라고 했다. 학생의 반응은 예상했던 그대로였고, 어쩌면 그게 당연했다. 서른이 넘은 나도 이제야 겨우 《데미안》을 제대로 마주하게 되었는데, 아직 열다섯의 아이에게는 좀 더 기다림이 필요할 것이었다. 아마 과거의 나도 이 학생과 똑같은 반응이었을 것이다.

《데미안》의 첫 장을 펼치면 가장 먼저 나오는 구절은 "내 속에서 꿈틀대는 것, 바로 그것대로 나는 살아보려고 한다. 왜 이 결심이 그토록 어려웠을까?"이다. 나는 이 문구에 절실히 공감했고, 또 위안을 얻었다. '그래, 나로서 살아간다는 게 이렇게나 힘드니까 이런 위대한 작품으로 표현되는 것인데. 지금 내가 힘든 건 당연한 거구나. 힘들어도 되는 거구나. 힘들어야만 하는 거구나.'

각자의 삶 속에서 그 무언가가 언제 솟아 나올지는 아무도 모른다. 그러나 그 투쟁의 시기가 왔다면, 그때 독자의 옆에 '데미안'이 존재하기를. 그래서 꼭 그 세계를 깨고 나올 수 있기를 응원하고 기원한다.

차례

머리말 4

01 헤르만 헤세의 삶과 작품 세계 8

02 헤르만 헤세 작품 읽기 32

수레바퀴 아래서 34
데미안 58
싯다르타 84
황야의 이리 108
나르치스와 골드문트 136
유리알 유희 164

Ø1

헤르만 헤세의 삶과 작품 세계

1. 가정환경과 성장 배경, 헤세와 종교

헤르만 헤세의 정체성과 작품 세계에 지대한 영향을 미친 것은 그의 독특한 가정환경과 성장 과정이었다. 헤세는 교육 수준이 높은 독실한 기독교 집안에서 태어났다. 아버지인 요하네스 헤세는 목사였으며, 인도에서 선교사 활동을 했다. 또한 요하네스 헤세는 칼브 선교협회 출판사를 운영하며 글을 쓰는 등 활발한 창작 활동을 했고, 기독교 외 인도와 중국 철학에도 관심이 많았다. 어머니 마리 군데르트는 인도에서 태어났으며, 아버지를 따라 선교사로 활동했다. 헤세의 외할아버지 군데르트 박사는 선교사이자 유명한 인도어문학자였으며, 중국과 인도에 관심이 많아 어린 헤세에게 많은 영향을 끼쳤다.

이렇게 독실한 기독교 신앙을 바탕으로 종교적·문화적 지식이 풍부했던 헤세의 집안 분위기는 그가 동서양의 종교와 문화에 자연스럽게 관심을 가지고 배울 수 있는 긍정적인 토대가 되는 한편, 부모와의 갈등, 그로 인한 방황과 정신적 고통의 원인이 되기도 했다. 특히 감정적으로 예민하고 호기심이 많았던 헤세의 예술가적 기질은 부모의 경건주의 가정교육과 부딪혀 숱한 갈등을 겪었다. 경건주의란 이성을 중시한 스콜라 철학과 세속적으로 타락한 교회에 반대하여 발생한 신앙 운동을 말한다. 기존에 스콜라 철학이 이성적 시각으로 교리에 접근한 것에 반대하여 경건주의는 개개인의 삶 속에서 도덕적이고 헌신적인 종교적 삶을 실천하는 것을 중시했다. 그래서 경건주의자들은 선교와 봉사의 실천, 금욕적인 생활양식을 고수한다.

이러한 집안 분위기 때문에 헤세의 자유로운 기질은 받아들여지지도, 존중받지도 못했다. 어린 시절 헤세가 가진 호기심과 욕망, 감정 표현은 부모의 눈에는 교정을 통해 치료되어야 할 문제 행동으로만 여겨졌다.

이렇듯 경건한 신앙심을 가진 부모와 헤세가 심각한 마찰을 겪게 된 결정적 계기는 그가 신학교를 무단이탈한 사건이었다. 목사가 되라는 부모의 뜻에 따라 헤세는 시험에 당당히 합격하여 13세의 나이에 마울브론 신학교에 입학했다. 그러나 신학교에서의 생활은 자유로운 성정의 헤세에게는 감옥과도 같았다. 통제와 규율, 권위적인 교육제도를 견디지 못한 헤세는 결국 자신은 시인이 아니면 아무것도 하지 않겠다며 학교를 탈출해 버리고 만다.

이런 헤세를 이해하지 못한 부모는 그를 정신 요양원에 입원시켜 치료를 받게 한다. 헤세는 입원하지 않겠다며 격렬하게 저항했지만, 부모는 끝내 이를 받아들이지 않았다. 자신을 인정해 주길 바랐던 부모로부터 부정당하는 이 경험으로 헤세는 큰 실망과 상처를 받게 된다. 그래서 이 시기의 헤세는 부모에게 보내는 편지에 자신을 고아로 지칭하고, 자살을 암시하는 협박 내용을 쓰는 등 격한 반항심을 내보인다. 실제 정신 요양원 생활 중에 헤세는 연상의 여인에게 사랑을 고백했으나 거절당해 자살을 시도했고, 이로 인해 정신 요양원에서 쫓겨난다.

아래의 인용은《크눌프》에서 주인공 크눌프가 자신과 부모가 서로를 사랑했음에도 부모로부터 자신의 영혼은 이해받지 못했음을 고백하는 내용이다. 이 내용에서 부모와 종교의 굴레에서 벗어나 본래의 나로 존중받고 싶었던 헤세의 마음이 잘 드러난다.

"부모님은 나를 자신들과 닮은 자식이라는 존재로 생각하실 것이네. 그러나 내가 부모님을 사랑한다고 할지라도 나는 그들이 중요하다고 여기는 영혼마저 똑같이 받아들일 수 없기에, 나의 청춘과 변덕으로 그 이유를 둘러대 버리지. 그럼에도 부모님은 나를 위해 온갖 정성과 사랑을 다 쏟아주시지. 아버지는 자식에게 겉모습뿐만 아니라 내면의 이성까지도 유전으로 전해준다네. 그러나 단 한 가지, 영혼만은 물려줄 수 없는 것이 아닌가. 세상의 모든 영혼은 오직 그 사람만의 것으로 새롭게 태어나는 것이기 때문이야."

– 헤르만 헤세, 《크눌프》 중에서

이와 같이 헤세의 가정환경과 성장 과정은 그의 정신세계와 작품 세계에 큰 영향을 미쳤다. 헤세는 부모에 대한 양가감정과 부모로부터 자신의 존재를 인정받지 못했던 어린 시절을 경험했다. 여기서 생긴 정서적 상처는 헤세의 정체성 형성은 물론이고 그가 평생을 겪은 불안정한 심리 상태, 불면증과 지속적인 우울감, 자살 시도에 이르기까지 많은 심리적 문제를 초래했다.

그러나 아이러니하게도 헤세가 겪은 이 심리적 고통은 그의 작품이 전 세계의 독자에게 감동을 주고, 나아가 독자들이 그를 정신적 스승으로 꼽는 특별한 이유가 된다. 헤세의 작품은 실제 그의 성장 과정에서 비롯한 치열한 내면세계의 탐구와 자아 성장을 고스란히 담은 평생의 실존적 흔적이다. 그는 경험에 뿌리를 둔 고통과 성장을 아름다운 작품으로 형상화했고, 이는 독자에게 고스란히 전달되어 그가 겪은 바를 자연스럽게 느끼게 했으며, 이로써 독자들은 그의 작품에 공감하고 감동한다.

이와 연결해서 헤세의 작품을 이해할 때 빼놓을 수 없는 중요한 주제가 바로 종교이다. 기독교 집안이라는 환경 외에도 동서양의 철학과 종교에 관심이 많았던 가정 분위기 때문에 그는 어릴 때부터 자연스럽게 종교에 관심을 가지게 되었다. 여기서 말하는 종교는 특정 종교에 국한된 것이 아닌 헤세가 가진 종교철학적 관점, 지향점을 의미한다.

헤세 스스로도 종교야말로 자신과 자신의 문학 세계의 근간이라고 말한 바 있다. 부모의 경건주의에서 벗어나 자신만의 자아를 찾고자 했던 헤세에게는 빠질 수 없는 인생의 주제가 종교였을 것이다. 그래서 헤세는 자신의 자아와 진리에 대한 탐구심으로 다양한 종교 서적을 독학했으며, 실제 인도로 여행을 떠나기도 했다. 이와 같은 종교철학에 관한 지대한 관심으로 헤세는 기독교에서부터 불교, 힌두교와 중국의 노자와 공자, 도교 사상 등 동서양을 망라해 자신만의 독특하면서도 통합적인 종교적 세계관을 형성했다. 그리고 이러한 종교철학적 관점은 그의 자아 성장에도 큰 영향을 미친다.

물론 부모의 경건주의 신앙심에 대한 반발로 헤세의 소설에는 다른 종교보다 유독 기독교에 대한 비판적 관점이 많이 드러난다. 특히 인간의 자연스러운 본능을 부정하고 억압하는 금욕주의나 기독교 교리만을 유일한 삶의 기준으로 삼는 모습은 소설 곳곳에서 비판의 대상이 된다. 그러나 이는 단순히 부모에 대한 반발만을 의미하는 것이 아니라 종교를 벗어나 진정한 자아를 찾고자 한 헤세의 인생 가치관으로 해석할 수 있다.

"자넨 《성경》을 너무 맹신하고 있어. 진리라든지, 인생의 의미라든지, 이런 문제는 각자가 고민해 봐야 알 수 있는 것들이지. 책에서 배울 수 있는 것이라고 나는 생각지 않네. 《성경》은 너무 오래됐어. 옛날 사람들이야 자신이 모르는 것을 《성경》에서 찾고 배웠겠지. 그러나 그것들은 실은 우리가 스스로 알고 있는 것들이라네."

– 헤르만 헤세, 《크눌프》 중에서

2. 헤세의 여인들, 그리고 사랑

헤르만 헤세는 세 번의 결혼과 두 번의 이혼을 겪었다. 그녀의 첫 번째 아내는 마리아 베르누이로, 헤세보다 아홉 살 연상이었다. 베르누이는 진취적이고 강인한 여성으로 사진 찍는 일에 관심이 많아 직업교육을 받은 후 사진작가로 활동한 피아니스트였다. 베르누이는 아틀리에를 열어 젊은 예술가들과 교류하던 중 그곳에 방문한 헤세와 처음 만나게 된다. 첫눈에 서로에게 강하게 끌린 두 사람은 첫 만남 이후 급속도로 가까워진다.

연애 이후 결혼을 준비하는 과정에서 베르누이는 매우 적극적이었다. 이에 비해 결혼에 회의적이고 자신이 없던 헤세는 소극적이고 미적지근한 태도를 보였다. 게다가 베르누이의 집안에서 결혼을 반대했기 때문에, 결혼 준비는 더욱 쉽지 않았다. 베르누이의 집안은 유서 깊은 귀족 가문으로, 그녀의 아버지는 헤세의 작가라는 직업을 탐탁지 않게 여겨 둘의 결혼을 상하게 반대했다. 그녀의 언니들 역시 헤세가 지닌 자유로운 몽상가 기질과 우울하고 예민한 감수성을 베르누이가 감당할 수 있을지 염려하여 둘의 결혼을 반대했다고 한다.

그러나 헤세를 너무나 사랑했던 베르누이는 결혼을 포기할 수 없었고, 집안의 반대에도 불구하고 끝까지 밀어붙였다. 이와 같은 그녀의 노력으로 결국 헤세는 1904년 27세의 나이에 결혼을 하게 된다. 그러나 이 둘을 반대했던 베르누이의 아버지는 끝내 딸의 결혼식에 참석하지 않았다고 한다.

헤세는 베르누이와의 결혼 생활에서 아들 셋을 얻는다. 그러나 그들의 결혼 생활은 그리 행복하지 못했다. 헤세는 자신의 자유로운 방랑 기질에 따라 자주 여행을 떠났으며, 가정에 소홀했다. 둘은 기질적으로 서로 맞지 않았으며, 이런 부분을 이해하고 받아주던 베르누이도 점차 지치게 된다. 그렇게 둘의 결혼 생활은 서로에게 고통이 되었고, 결국 별거를 하게 된다. 그러다 베르누이의 정신적 문제가 점차 심각해졌고, 헤세는 그녀를 정신병원에 입원시킨다. 그리고 둘은 1923년에 공식적으로 이혼한다.

두 번째 아내는 스무 살 연하의 성악가 루트 벵거이다. 별거 중이었던 1919년에 헤세는 자신의 시를 사랑하던 팬인 음악가 벵거를 만나게 된다. 젊고 아름다운 데다 예술적 감각까지 갖춘 벵거에게 헤세는 강렬한 끌림을 느꼈고, 그의 예술가적 면모를 사랑한 벵거도 그에게 마음을 주었다. 그래서 헤세는 첫 번째 공식 이혼 이후 6개월 만인 1924년 벵거와 두 번째 결혼을 진행한다. 그러나 뜨겁게 불탔던 사랑이 무색하게 결혼 이후 둘은 서로가 맞지 않는다는 것을 알게 되었고, 얼마 지나지 않아 별거에 들어갔으며 1927년에 공식적으로 헤세는 벵거와 이혼한다.

두 번의 결혼 실패는 헤세에게 큰 정신적 고통과 상처를 주었다. 그는 결혼이라는 제도가 자신과 맞지 않는다는 것을 잘 알고 있었다. 자유와 방랑의 영혼을 가진 헤세에게 결혼은 사랑의 결실이라기보다는 구속이었다. 가정의 안정을 책임지기 위해 세속적인 삶에 안주해야만 하는 생활은 헤세가 그토록 경멸하던 시민의 생활이었다. 이러한 헤세의 타고난 방랑적 기질과 정착에 대한 경멸은 그의 작품 곳곳에 잘 나타나 있다.

그의 작품 《크눌프》의 주인공인 크눌프와 《나르치스와 골드문트》의 골드문트는 그 어디에도 정착하지 않고 떠돌아다니는 생활을 한다. 이들이 보여주는 자유를 향한 갈망과 방황은 헤세가 가진 기질을 그대로 반영하고 있다. 물론 평범한 사람의 시선에서는 헤세의 여성 편력과 무책임한 결혼 생활은 다소 받아들이기 어려울지 모른다. 그러나 그의 작품들을 읽다 보면, 방랑하는 주인공의 감정과 생각을 자연스럽게 따라가는 과정에서 헤세의 영혼을 이해하게 된다. 그리고 이렇게 작품을 통한 작가와 독자의 소통 과정은 헤세가 결혼 생활 속에서 느꼈을 고통과 고뇌를 그의 시각에서 바라보고 느낄 수 있게 한다.

> 아, 그립구나. 자유롭게 방랑하던 나의 지난날이여! 고요한 들판 위로 내리는 달빛! 아침 이슬 촉촉한 잔디밭 위에 나 몰래 다녀간 짐승의 발자국! 그런데 지금, 모든 것이 정착이라는 안락함 속에서 그 가치를 잃어버렸다. 이곳 도시인들 삶 속에서. 심지어 사랑마저도. 이젠 이런 생활에 숨 막혔고, 갑자기 이런 삶이 역겨워졌다.
>
> – 헤르만 헤세, 《나르치스와 골드문트》 중에서

> 방랑자는 소유와 정착을 추구하는 삶에 저항하는 반항아이다. 소유와 정착의 삶을 사는 사람들은 방랑자의 삶을 이해하지 못하고 싫어할 뿐만 아니라 실은 두려워한다. 그들은 방랑의 삶 속에 담겨 있는 삶의 유한성, 즉 생명을 가진 모든 존재는 덧없으며 하루하루 죽음에 가까워져 간다는 사실을 인식하고 싶어 하지 않는다. 우리를 포함한 세상의 모든 죽음이라는 냉혹한 사실을 떠올리고 싶지 않기 때문이다.
>
> – 헤르만 헤세, 《크눌프》 중에서

헤세는 두 번의 실패 끝에 자신의 곁을 헌신적으로 지켜줄 마지막 아내를 만난다. 그녀는 헤세보다 열여덟 살 연하인 예술사학자 니논 아우스랜더였다. 사실 니논과 헤세의 첫 만남은 그녀가 14세였던 과거에 시작되었다. 문학소녀였던 14세의 니논은 친구에게 《페터 카멘친트》를 선물로 받아 읽고, 큰 감동을 받았다. 그리고 그 길로 헤세에게 팬으로서 편지를 보낸다. 운명처럼 시작된 서신 교류는 이후 오랫동안 이어졌고, 훗날 이미 결혼한 상태였던 니논은 헤세가 두 번째 별거로 혼자 쓸쓸히 고통받고 있다는 것을 알고 그를 만나러 직접 몬타놀라로 찾아온다. 그것이 그들의 첫 대면이었다.

만남 이후 헤세에게 자신이 필요하다고 생각한 니논은 적극적으로 자신의 사랑을 고백하지만, 헤세는 이를 계속 거부했다. 이미 두 번의 실패를 통해 결혼 생활이 자신에게 줄 고통과 자신이 상대에게 줄 고통을 알고 있었기 때문이었다. 그러나 헤세의 거절에도 니논은 그를 위해 모든 것을 맞추고 헌신하겠다는 결심을 전했고, 결국 헤세도 그녀의 마음을 받아들인다. 이후 니논은 이혼 후 별거 중이던 헤세와 동거를 시작한다.

그러나 이들의 동거는 일반적으로 생각하는 동거와는 달리, 한 집에 거주하지만 서로 다른 공간에 지내며 항상 적절한 거리를 유지하는 특이한 방식이었다. 니논은 헤세가 그녀를 필요로 할 때만 그의 곁에 가 도움을 주었고, 원치 않을 때는 다시 멀리 떨어져 자신의 자리로 돌아갔다. 이 둘은 동거 후 1931년에 공식적으로 결혼했으며, 니논 혼자 신혼여행을 다녀왔다. 왜냐하면 그들은 결혼 후에도 동거 때와 마찬가지로 서로 적절한 거리를 두는 생활 방식을 유지하며 성관계를 갖지 않기로 약속했기 때문이다. 이후에도 니논은 건강이 나빠진 헤세에게 책을 읽어주고, 서신을 관리해 주는 등 그가 안정적으로 집필 활동에 전념할 수 있도록 곁에서 도왔다. 이러한 니논의 일방적인 헌신 덕에 헤세는 이전과는 달리 결혼생활에서 심리적 안정감을 얻는다. 니논과 함께하는 동안 헤세는 《나르치스와 골드문트》, 《유리알 유희》를 집필한다. 이렇게 온전히 헤세에게 맞춰진 생활 속에서 니논은 홀로 외로움을 견디며 헤세가 세상을 떠날 때까지 그의 곁을 지키는 어머니이자 친구이자 연인이 되어주었다.

최초의 이성인 어머니와의 관계에서부터 시작된 여성과의 순탄치 못한 인간관계, 그리고 사랑은 헤세에게 평생의 숙제가 되어 그를 괴롭게 했다. 그러나 헤세의 작품을 보면 그가 그럼에도 끊임없이 사랑을 추구했고, 사랑을 통해 구원받았으며, 진정한 사랑의 의미를 발견하고자 했다는 것을 알 수 있다. 물론 그가 완성하고자 한 사랑은 단순히 남녀 관계에 국한된 사랑만을 의미하지는 않는다. 하지만 끊임없이 태초의 어머니 '마리아'를 그리워하고, 여성과의 사랑을 통해 세상을 배운 골드문트처럼 헤세도 그의 여인들을 통해 사랑을 배웠을 것이다.

> 나는 사랑을 받는 것보다 주는 것이 더 가치 있음을 알게 되었고, 인간의 삶을 풍요롭게 만들고 스스로 행복하게 만드는 것이 다름 아닌 현존 안에서 느껴지는 감정과 감각이라고 믿게 되었다. (중략) 행복은

다른 어떤 것도 아닌 사랑에서 오기 때문에, 사랑할 수 있는 자만이 행복할 수 있다. (중략) 그러나 사랑과 욕망을 착각해서는 안 된다. 이 둘은 같지 않다. 진정한 사랑은 상대를 소유하려는 욕망이 아니라, 그저 상대를 사랑하고자 하는 욕망이다.

– 헤르만 헤세, 《사랑하는 사람은 행복하다》 중에서

3. 실존적 위기에서 만난 정신분석

헤르만 헤세는 우울과 자살 시도, 불면과 두통 등 여러 가지 심각한 심리 문제를 겪었다. 여러 차례의 심리적 갈등과 위기를 극복하기 위해 헤세는 분석 심리 상담을 받았고, 이를 통해 위기를 극복하고 상처받은 내면을 치유했다. 헤세와 랑 박사와의 만남은 1916년, 헤세가 39세 때 처음 시작되었다. 랑 박사는 분석심리학의 창시자 칼 융의 제자였으며, 당시 헤세는 시대적·개인적 위기 속에서 극심한 고통에 빠져 있었다.

1차 세계대전이라는 시대적 위기 속에서 반전쟁 평화주의자였던 헤세는 전쟁에 반대하는 반전문학 운동과 전쟁 포로를 위한 다양한 사회운동을 펼쳤다. 그러나 이러한 헤세의 반전운동은 제국주의가 팽배했던 당시 독일 내에서 조국에 대한 배반이라며 거센 비난을 받았다. 이와 같은 경험은 헤세의 심리적 고립감과 소외감을 심화시키고 그에게 커다란 마음의 상처를 남겼다. 반전쟁에 대한 헤세의 생각과 전쟁으로 인한 심리적 고통은 그의 작품 곳곳에서 찾아볼 수 있다. 그중《황야의 이리》와《유리알 유희》에는 이러한 내용이 직접적으로 드러난다.

《황야의 이리》에는 헤세가 경험했던 방황과 고통의 정서적 측면이 두드러지게 표현되어 있다. 소설에서 젊은 교수가 주인공 하리 할러를 향해 '조국을 배신한 해충 같은 놈'이라며 맹비난하는 부분은 당시 헤세를 향한 국가적 비난이 얼마나 심했는지, 그리고 이로 인해 겪었을 그의 심리적 고통이 얼마나 컸는지 짐작할 수 있게 한다.

반면《유리알 유희》에는 이성적으로 정제된 날카로운 비판 의식이 담겨 있다. 헤세는《유리알 유희》를 통해 전쟁의 폭력성과 야만성, 문명의 이기심, 그리고 그 속에서 양심을 저버린 채 국가의 입맛에 따라 움직이는 지식인들에 대한 문제의식을 제기하고 이를 날카롭게 비판한다.

이후에도 헤세는 독일 나치 정권에 대한 비판과 반대 활동을 이어나갔다. 그 결과, 2차 세계대전 당시 독일에서는 헤세의 작품 출판을 금지하는 등 그를 향한 압력을 더욱 강화했다. 이로 인해 결국 스위스로 국적을 변경한 헤세는 말년을 몬타뇰라에서 보내며 평온을 찾았고, 그곳에서 생을 마감한다.

전쟁이라는 시대적 억압과 혼란, 심리적 고통 속에서도 헤세가 보여준 양심과 신념을 따르는 삶의 자세는 그의 작품 《데미안》에서 겁쟁이들과는 다르게 자신의 개성을 실현하는 영웅 카인을 떠올리게 한다.

> 젊은 교수의 손에 들려 있던 신문은 전쟁에 열광하고 군국주의자 입장을 옹호하는 신문사에서 발간한 것이었다. 그는 정기 구독 회원이었고, 나에게 반가움을 표시하고는 신문에 실린 내용 하나를 알려줬다. "이 신문에 당신과 이름이 똑같은 하리라는 놈에 대한 기사가 실렸는데, 그 작자는 조국을 배신한 놈팡이입니다. 그는 조국에게 전쟁의 책임을 묻고 황제의 권위를 조롱하는 언행을 일삼았습니다. 어떻게 그런 말도 안 되는 행동을 할 수 있는지! 그런 놈은 국가에 해를 주는 해충 같은 존재이므로 편집장이 바로 그놈을 제명해 버렸답니다." (중략) 그 교수의 입에서 배신자 할러라는 말이 나온 그 순간, 내 안에 이전부터 쌓여 있던 강렬한 우울과 괴로움이 심해졌고, 이는 곧 무서운 숙명으로 다가와 나를 질식시켰다.
>
> – 헤르만 헤세, 《황야의 이리》 중에서

오히려 그들은 개인과 세상 속에 일어나는 가치 혼란과 붕괴 속에서 불안을 느끼고 있었고, 고통스러운 전쟁과 내전을 견뎌내고 있었다. 그들의 교양은 겉으로는 그저 아무것도 모른 채 즐거움을 좇는 놀이처럼 보이지만, 실은 해결할 길 없는 현실의 암담함과 세상의 몰락이라는 두려운 직감으로부터 가능한 멀리 떨어진 환상으로 도망치고 싶은 회피 욕구에 따른 것이었다.

진실을 알면서도 거짓을 지지하고 이를 은폐하는 지식인은 조직의 윤리와 규칙을 어겼다는 의미를 넘어서, 국가와 국민에게 심각한 해를 끼치는 악행을 저지르는 존재입니다. 그들이 말하는 현실적인 이익은 허상일 뿐입니다. 이런 거짓된 자들의 행위는 우리를 둘러싼 자연을 망가뜨리고, 그동안 쌓아온 정신과 정의를 죽이고, 국민을 파괴하는 온갖 악행을 돕는 것에 지나지 않습니다.

– 헤르만 헤세, 《유리알 유희》 중에서

이러한 시대적 혼란과 더불어, 이 시기의 헤세에게 일어난 여러 가지 개인적 사건들은 그를 더욱 고통스럽게 했다. 첫 심리 상담을 받을 시기에 헤세는 아버지의 죽음, 첫 번째 부인의 정신 질환, 병에 걸린 막내아들 등의 문제로 위기를 겪고 있었다. 헤세의 아버지가 사망했을 당시, 이미 그의 어머니는 세상을 떠난 지 꽤 오랜 시간이 흐른 뒤였다. 헤세의 어머니는 그가 25세 때 사망했는데, 그때 그는 어머니의 장례식에 참석하지 않았다. 이는 오랜 시간 그를 힘들게 한 청소년기의 정신적 문제가 어머니의 장례식 참석으로 다시 도질 것을 두려워한 헤세의 선택이었다.

어머니의 장례식에 참석하지 않을 정도로 부모에 대한 양가적 갈등과 고통으로 힘들어하던 헤세는 1916년에 아버지가 돌아가셨다는 소식을 듣고 장례식에 참석하기 위해 길을 떠난다. 아버지의 죽음 이후 헤세가 느낀 슬픔과 상실, 죄책감 등의 감정은 그가 남긴 글에 고스란히 남아 있다. 글에는 아버지 요하네스 헤세가 살아 생전에 느꼈을 외로움에 대한 연민, 자신의 뿌리인 부모가 세상에 존재하지 않는다는 상실감, 부모를 향한 저항과 외면에 대한 죄책감이 드러난다.

마침내 내 안에 존재했던 아버지를 직면하고 바라보게 되자, 나는 스스로에게 말했다. "세상에서 아버지를 진정으로 이해할 수 있는 사람은 오로지 나뿐이었어. 그 누구도 아버지를 온전히 이해하지 못했지. 아버지와 똑같은 외로움을 느낀 나만이 그의 마음을 이해할 수 있어. 나도 그 누구에게도 이해받지 못했으니까."

나는 늦은 밤이 되어서야 몸을 누일 수 있었다. 그제야 나는 내 근원이 사라졌음을 느꼈고, 더는 존재하지 않는 아름다웠던 모든 것이 그리웠고, 아무도 모르게 홀로 눈물을 흘렸다.

사춘기 시절 나의 행동으로 인해 아버지가 받았을 상처와 고통을 떠올리면 죄송함에 가슴이 아프지만, 그때의 나의 행동은 어른이 되기 위해 피할 수 없는 하나의 관문이었다. 그렇기에 지금 나를 고통스럽게 하는 용서받지 못할 나의 잘못은 바로 부모를 향한 사랑을 저버리고 무관심과 의무감으로만 아버지를 대했던 지난날의 나였다. 아버지를 향한 죄의식이 폭풍이 되어 마음속에 요동치고 있었다.

– 헤르만 헤세, 《인생의 해석》 중에서

이처럼 실존적 위기에 부딪힌 헤세는 랑 박사와의 심리 상담 이후 정신분석 이론에 매료되었다. 심리 상담을 통해 억압된 자신의 무의식을 직면하고 받아들이는 경험은 헤세로 하여금 깊이 있는 내적 탐구를 가능하게 했으며, 이후 그의 작품 전체에 흐르는 '전일성'이라는 주제 의식에 한층 더 가까워지는 계기가 되었다. 랑 박사와의 상담 이후 헤세는 융에게 직접 심리 치료를 받기도 했으며, 중년의 나이가 되어 다시 심리적 위기를 맞자 재차 랑 박사를 찾아가 심리 치료를 받는 등 정신분석학에 많은 영향을 받았다.

심리 분석은 다른 사람의 마음에 상처를 남기고 비난했던 행동들이 실은 나라는 진실에서 도망치고 무관심했기 때문에 발생한 것임을 알게 한다. 나를 돌아본다는 것은 우리에게 익숙하지는 않지만, 스스로에게 솔직해야 한다는 진실을 알려준다. 심리 분석은 우리가 부정했던 마음속 진실을 비로소 인정하고 받아들이게 만들어, 다시 한번 돌아보고 탐색할 기회를 제공한다. 살면서 처음으로 나를 돌아보는 이 경험은 엄청난 힘을 가지고 있다. 이 체험을 통해 우리는 진정한 자신을 만나게 된다.

– 헤르만 헤세, 《삶을 견디는 기쁨》 중에서

프로이트와 칼 융의 심리 분석

① 프로이트(S. Freud)의 정신분석학

프로이트는 인간의 의식보다 무의식에 초점을 맞춰 신경증 환자들을 치료했다. 프로이트는 신경증 환자들이 자신의 무의식을 잘 다뤄내지 못하는 데서 불안이 발생하고, 이와 같은 불안으로 심리적 문제가 생긴다고 보았다. 프로이트가 주장한 무의식에는 성과 공격성이라는 인간의 본능적 충동이 억압되어 있다. 정신분석학에 따르면 인간의 정신 영역은 원초아, 자아, 초자아로 구분된다. 이 중 원초아는 쾌락의 원칙에 따르는 무의식의 영역이고, 초자아는 도덕의 원리에 따르는 규범과 이상의 영역이다. 자아는 이 둘을 현실에 맞게 조절하는 역할을 한다.

② 칼 융(C. G. Jung)의 분석심리학

칼 융은 프로이트가 주장한 무의식의 측면에 동의하였고, 그의 수제자로 인정받았다. 그러나 무의식에 관해서 자신만의 고유한 생각을 지녔던 융은 프로이트와 결별하고 새로운 심리학파인 분석심리학을 창시한다. 융은 무의식을 성적 본능에 한정하지 않았으며, 개인의 무의식을 넘어 집단의 무의식을 주장했다. 인간 내면에는 무의식을 구성하는 수많은 원형이 존재하는데, 대표적인 원형에는 페르소나, 아니마와 아니무스, 그림자, 자기가 있다. 융은 인간에게는 생애 전반에 걸친 정신적 성숙이 일어나며 이러한 정신적 성숙을 '개성화 과정'이라고 불렀다. 개성화 과정이란 자신의 무의식과 조화를 이루어 진정한 내면의 자기를 실현하는 것을 말한다.

4. 자기 내면의 통합 = 전일성

헤르만 헤세의 작품 세계에는 공통적으로 '전일성(全一性)'이라는 주제가 담겨 있다. 전일성이란 하나로 통일을 이룬 상태를 말한다. 작품마다 추구하는 전일성의 내용과 그 특징은 다르지만, 서로 분열되어 있는 존재 간의 통합을 추구하고 있다는 점에서 맥락을 같이한다. 《데미안》은 싱클레어 내면에 분열되어 있던 밝음과 어둠의 통합으로 시작하여 싱클레어와 데미안의 통합으로 마무리된다. 《나르치스와 골드문트》는 '종교', '이성'을 상징하는 나르치스와 '자연', '감성'을 상징하는 골드문트가 서로의 존재를 통해 양극의 조화를 추구한다. 《황야의 이리》는 주인공 하리 할러의 내면에 존재하는 인간과 이리의 분열과 이 둘의 균형 있는 조화의 필요성을 이야기한다. 또한 서민적 삶을 혐오하던 하리가 이를 긍정하게 되면서 정신적 성장과 치유에 도달하는 과정을 보여준다. 《싯다르타》에서는 싯다르타가 전일성의 상징인 자연물 '강'을 통해 깨달음을 얻는다. 마지막으로 《유리알 유희》에서는 개인 내적의 통합을 넘어서 정신적 이상향 카스탈리엔과 현실 세계의 통합을 추구하고 있다.

이처럼 헤세의 작품 전반에 담겨 있는 전일성의 의미를 고찰하면 그의 작품 세계를 더욱 깊게 이해할 수 있다. 생의 과정에서 끊임없이 자아의 성장을 도모하며 '진정한 나'를 찾으려 했던 헤세에게 전일성이란 자기 내면의 통합이자 자신을 발견하는 과정이었다. 그리고 이러한 통합 과정은 부정하고 억압했던 내면의 분열된 나를 인정하고 받아들임으로써 결국 진정한 행복에 이르는 길이었을 것이다.

다음은 전일성의 메시지를 담고 있는 헤세의 《픽토르의 변신》이라는 동화 줄거리와 〈행복〉이라는 시다. 이를 통해 헤세가 말하는 행복이란 무엇인지 함께 생각해 보자.

① 《픽토르의 변신》 줄거리

픽토르는 낙원에 들어섰다. 낙원에 있는 나무들은 남자이자 여자, 태양이자 달인 모습을 하고 있었다. 픽토르는 영원한 생명의 나무를 찾으려 만나는 나무마다 물었지만, 원하는 답을 듣지 못했다.

낙원은 아름다운 꽃들로 가득했다. 픽토르는 왠지 이 아름다운 낙원에서 행복을 찾을 수 있을 것만 같았다. 그러던 중 온갖 색깔로 빛나는 아름다운 새를 발견한다. 픽토르는 새에게 행복을 찾고 싶다고 말한다. 그러자 새는 '행복은 어디에나 있는 것'이라고 대답하고는 꽃이 되었다가 다시 나비가 되었다가 마지막에는 아름다운 붉은 수정으로 변하더니 곧 사라지려 했다. 이를 본 픽토르는 그 붉은 수정을 얼른 집어 들었다. 그때 어디선가 나타난 뱀이 픽토르에게 소원을 들어주는 보석을 잡았다며 어서 소원을 말하라고 재촉한다. 픽토르는 자신을 변하지 않는 나무가 되게 해달라고 빌었고, 곧 말하는 대로 되었다. 그러나 드디어 행복을 찾았다며 기뻐하던 픽토르는 시간이 지남에 따라 자신과 달리 주위의 나무와 꽃들이 아름다운 변화를 겪는 모습을 보며 소원을 후회하게 되었고, 점차 행복을 잃어갔다.

그러던 중 한 소녀가 나타나 나무가 된 픽토르 앞에 섰다. 픽토르는 그 소녀를 보자 이제까지 느껴보지 못한 커다란 그리움과 행복이 자신을 사로잡는 것을 느꼈다. 소녀 또한 나무가 된 픽토르를 보며 그와 하나가 되고 싶다고 생각한다. 그때 새 한 마리가 나타나 루비를 떨어트렸고, 그 루비를 주운 소녀는 소원을 빌고 나무가 되어 픽토르를 향해 가지를 뻗어 엉켰다.

그렇게 하나가 된 소년과 소녀는 드디어 다른 나무들처럼 원하는 것으로 변하는 존재가 되었으며, 소년은 자신이 그토록 찾던 행복이 무엇이었는지 알게 된다.

② 〈행복〉

행복을 얻으려고 애쓰는 동안은
그내는 아직 행복해질 준비가 되지 않았다.
당신을 둘러싼 모든 것이
당신의 가장 소중한 것이 될 수 있다.

과거에 사라져 버린 것에 마음 아파하며

당신은 목표를 향해 쉬지 않고 나아가지만
진정한 평화를 알진 못한다.

모든 소망을 끊어내고
목표와 욕망마저 잊어버리고
더는 행복을 찾아 헤매지 않을 때

세상의 물결이 네 마음을 흔들지 않고
당신의 영혼이 비로소 평화를 얻게 될 것이다.

Ø2

헤르만 헤세 작품 읽기

수레바퀴 아래서

Unterm Rad, 1906

《수레바퀴 아래서》(1906)는 헤르만 헤세의 청소년기를 담은 자전적 소설이자 성장소설이다. 이 작품은 소년이 청년으로 성장하면서 겪는 심리적 성장통을 섬세하고 서정적으로 표현하고 있다. 그러나 소년이 겪는 그 고통은 어른이 행하는 '억압'과 '길들이기'로 인한 것이기에, 이는 독자에게 공감을 불러일으키면서도 동시에 비극적으로 다가온다.

시인을 꿈꿨던 헤세는 진로 문제로 부모와 심각한 갈등을 겪었고, 그렇게 자신의 의지와 상관없이 진학한 신학교는 그의 자유로운 영혼을 억압하는 끔찍한 곳이었다. 이런 고통 속에서 헤세는 무단결석, 퇴학, 가출, 자살 시도 등 극도로 방황하는 청소년기를 보냈다. 그뿐만 아니라 헤세의 동생 한스 역시 이러한 강압적 교육체제로 인해 정신적인 고통을 겪었고, 훗날 결국 자살을 선택한다. 이런 헤세의 고통은 작품의 주인공 한스 기벤라트를 통해 고스란히 드러나 있다.

1. 줄거리와 등장인물

① 줄거리

주인공 한스 기벤라트는 작은 지방에서 태어나 자신의 아버지는 물론 마을의 어른들과 주위 동급생의 기대까지 한몸에 받는 인재였다. 세속적이고 교양 없는 그의 아버지는 여타 다른 가난한 부모들과 같이, 똑똑한 아들의 미래를 이미 결정해 놓았다. 그것은 국비가 지원되는 신학교에 입학시켜 목사나 교수가 되게 하는 길이었다. 좁고 확고한 이 길을 위한 첫 번째 관문은 주(州) 시험에 합격하는 것이었다.

주 시험이 점차 다가오자 한스는 시험에 합격해야 한다는 심리적 압박감과 불안을 느끼며 새벽까지 공부에 매진한다. 아버지는 시험 합격을 위해 한스가 좋아하는 일체의 다른 활동은 엄격히 금지한다.

시험을 보기 위해 대도시 슈투트가르트의 숙모 집으로 떠난 한스는 시험장에서 만난 다른 도시의 인재들을 보고 또다시 불안감에 휩싸여 긴장한 탓에 평소 어려워하던 과목을 실수하고 만다. 자신이 떨어질 거라 생각한 한스는 극도의 절망감에 빠져 고향으로 돌아온다. 그러나 걱정과 달리 한스는 2등으로 합격하는 명예를 얻고, 신학교 입학 전까지 특별 방학을 맞는다. 특별 방학 동안 좋아하던 낚시와 수영을 즐기던 한스는 오랜만에 행복감을 느낀다.

그러나 이 행복은 잠시였을 뿐, 시험에 당당히 2등으로 합격했다는 우월감과 신학교에 가서도 다른 이들을 앞서야 한다는 압박감에 다시 공부에 매진한다. 그럴수록 한스의 건강은 악화되고, 고질적으로 앓던 두통 또한 점차 심해진다.

방학이 끝나고 속세와 떨어진 프로테스탄트 신학교에 입학한 한스는 기숙사 생활을 시작한다. 한스와 기숙사를 같이 쓰는 동급생은 총 아홉 명인데, 그중 독특한 네 명의 학생이 있었다. 바로 재능 있고 침착한 오토 하르트너, 한 살 많은 동급생 카를 하멜, 문학적 감수성이 뛰어나며 시인을 꿈꾸는 헤르만 하일너, 교활한 구두쇠이자 이기주의자 에밀 루치우스였다.

기숙사 생활은 그야말로 싸움과 우정의 장이었다. 학생들은 아이에서 어른으로 넘어가는 과도기적 성향으로 종종 싸움질을 하기도 했지만, 우정의 교류를 통해 자기만의 개성을 찾아갔다. 그러나 한스는 내성적인 기질과 교우 관계가 성적에 방해될 거라는 생각에 친구들과 의도적으로 거리를 두는 공붓벌레였다. 그러던 어느 날 우연한 계기로 한스는 하일너와 대화를 하게 되는데, 이로 인해 한스는 하일너에게 묘한 호기심과 남모를 동경심을 느끼게 된다. 이는 하일너가 다른 동급생들과는 다르게 권위적인 학교교육에 저항하고, 자연과 문학이 주는 아름다움을 사랑하며, 끊이지 않는 억압 속에서도 항상 자유를 꿈꿨기 때문이다.

그 후부터 이 둘 사이에는 남다른 우정이 싹튼다. 그러나 한스는 우정의 기쁨과 동시에 하일너라는 반항아가 자신에게 끼칠 악영향을 두려워하고 있었다. 둘의 우정은 '모범생'과 '불량아'라는 존중받기 어려운 조합이었기 때문이다. 그럼에도 하일너가 소중했던 한스는 우정의 끈을 놓지 못한다.

위선과 억압이 가득한 학교생활에 점점 지친 하일너의 반항심이 극에 달하던 중, 그는 교장실 앞에서 동급생 루치우스와 싸움을 벌이고 만다. 이 일로 하일너는 공개적인 금고형을 받고 문제아로 낙인찍히는 수모를 겪는다. 그러나 이 과정에서 교장과 교사의 권력을 두려워한 한스는 어쩔 수 없이 하일너를 멀리하고, 이에 하일너는 한스에게 심한 배신감과 실망을 느낀다.

죄책감과 함께 하일너의 외면에 고통스러워하던 한스는 동급생 힌딩어가 연못에 빠져 죽는 사건으로 큰 충격에 빠진다. 동급생의 죽음은 한스에게 하일너의 존재가 얼마나 소중한 것인지를 깨닫게 했고, 한스의 진심 어린 사과로 둘은 극적인 화해를 한다. 이 계기로 한스는 내적 갈등을 극복하고 교사와 교장의 반대에도 우정을 선택할 만큼 성장했지만, 모범생과 반항아의 교제를 학교는 내버려 두지 않는다. 이후 한스의 성적은 점점 떨어지고 신경쇠약 증세는 더 심해져 간다. 한스는 치료를 위해 산책을 나가게 되는데, 교장의 금지에도 하일너는 꿋꿋하게 한스의 산책길에 함께한다. 이를 알게 된 교장은 하일너와 심각한 언쟁을 벌이고, 그 길로 하일너는 학교를 탈출해서 퇴학 처분을 받는다.

하일너의 퇴학은 한스에게 견딜 수 없는 심리적 상실감과 소외감으로 이어졌다. 하루하루 성적은 바닥으로 곤두박질쳤고, 성실했던 모범생은 천덕꾸러기 낙오자가 되었다. 열등감에 빠져 극심한 신경쇠약 상태가 된 한스는 장기 요양이라는 명목 아래 쫓겨나다시피 학교를 떠난다. 삶의 목적을 잃고 패배감에 빠진 한스는 아름답던 과거의 추억만을 곱씹으며 자살 기도를 하는 등 절망 속에 하루하루를 보낸다.

그러던 중 운명처럼 나타난 엠마로 인해 죽음만을 기다리던 한스는 사랑에 빠지고, 이로 인해 생의 감각이 다시금 되살아난다. 처음 느끼는 사랑이라는 감정에 벅찬 행복감과 알 수 없는 불안감을 느끼는 한스에게 아버지는 기술공을 권유하고, 이를 거절하지 못한 한스는 결국 자신에게 맞지 않는 기술을 배우기로 결심한다. 그런데 이후 인정받지 못한 존재가 돼버렸다는 열등감과 갑작스러운 사랑의 감정으로 혼란을 겪던 한스는 엠마가 자신을 버리고 떠났다는 사실을 알게 된다. 다시 삶의 의욕을 잃고 감당할 수 없는 고통에 빠진 한스는 처음으로 동료들과 술을 진탕 마시고, 다음 날 시체로 발견된다.

② 등장인물

한스 기벤라트

한스는 수줍음이 많으며, 지적 재능이 있는 인재이다. 어린 시절 자연에서 낚시와 수영을 즐기던 자유롭고 순수한 본래의 자신을 잃어버리고, 오로지 공부에만 매달려 자신보다 뒤처지는 친구들을 속으로 비웃는 공붓벌레로 자라게 된다.

한스는 부모가 원하는 길과 진정한 자신 사이에서 고통받는 청소년의 심리적 방황을 보여주는 인물이다. 소설 초기에는 어른의 세계를 받아들이고 따르는 순종적인 모습을 보이지만, 하일너를 만나고 자신의 욕구를 직면하며 내적 갈등을 극복하는 과정을 통해 점점 성장해 나간다. 그러나 계속되는 학업 실패로 인한 압박과 한스를 패배자로 낙인찍는 기성세대의 억압으로 죄책감과 열등감을 극복하지 못하고 극심한 내면적 고통을 겪는다. 결국 한스는 추억이라는 현실 도피적 공상과 자살 기도 등의 혼란 끝에 죽음이라는 비극적 결말을 맞는다.

> 낚시질! 그는 그토록 좋아했던 낚시질하는 법조차 잊어버리고 말았다. 작년 그는 아버지의 명령에 따라 낚시질을 그만두고 오직 시험 준비에만 매달렸다. 그때 그는 슬픔의 눈물을 흘렸다. 낚시질은 그의 소년 시절 가장 행복한 추억이었다. 버드나무 밑의 그늘진 물레방앗간에서 강으로 떨어지는 깊고 잔잔한 물소리! 강 위로 반짝이는 윤슬과 늘어진 버들의 여유롭고 아름다운 흔들림, 미끼를 문 그 순간 낚싯대를 당기는 흥분, 꼬리를 흔드는 물고기를 잡을 때 전해지는 촉각과 말로 설명하기 어려운 그 기쁨!

학교에서도 그는 수업 시간에 집중하지 못했다. 그의 머릿속은 이미 했거나 아니면 나중에 해야 할 공부로 가득 차 있었다.

밥을 먹은 후 수영을 바로 하지 못한다는 것은 한스를 유감스럽게 했다. 도대체 왜 수영을 바로 하면 안 되는 걸까? 어른들은 그것이 몸에 해롭다고 말했다. 그것이 정말로 해로운 것일까? 이전에 한스는 어른들의 말을 뒤로 한 채, 자신이 원하는 대로 식사 후 수영을 하러 가곤 했다. 그러나 이제 한스는 더 이상 그러한 철없는 행동을 하지 않을 것이다. 그러기엔 한스는 너무 성숙해져 버렸다.

요제프 기벤라트

자식의 존재 자체를 인정하고 격려해 주지 않으며, 조건화를 통해 자신의 바람대로 살게끔 통제하고 억압하는 부모이다. 아들을 신학교에 입학시키기 위해 공부 외 일체의 활동을 금지하고 억압한다. 자신이 이루지 못한 명예, 힘에 대한 욕망에서 생긴 열등의식을 자식을 통해 극복하려 했던 당시 부모들의 모습을 대표하는 전형적 인물이다.

그의 내면은 지극히 속물적이었다. 그에게 정서란 먼지처럼 하찮은 존재였다. 미련스럽게 낡고 거친 그의 가족주의와 아들을 향한 자부심, 가난한 이웃을 향해 때때로 행해지는 즉흥적인 자비심, 이렇게 보잘것없는 것만이 그에게 정서라는 이름으로 남아 있을 뿐이었다. 또한 그의 정신 역시, 자신의 이익만을 추구하는 계략과 교활함을 벗어나지 못하는 타고난 한계를 지녔다.

구둣방 아저씨 플라이크

마을 사람들에게 직업과 종교적 가치관을 이유로 무시당하는 존재지만 한스를 진심으로 걱정하고 사랑하는 유일한 어른이다. 플라이크는 모두가 공부와 성적에만 관심을 가지고 한스를 대할 때 점점 병약해지는 한스의 상태를 알아차리고 건강한 신체와 자유를 누려야 한다고 조언한다. 또 한스의 죽음 앞에서 그저 허탈해하는 한스의 아버지와 달리 죽음의 원인이 기성세대와 교육 구조에 있다며 이를 비판하고 어른으로서 반성하는 인물이다.

그가 한스에게 말을 건 이유는 인생에서 시험이란 단지 스쳐 지나가는 하나의 외적 사건에 지나지 않는다는 사실을 한스가 깨닫길 바랐기 때문이다. 시험에 낙방하는 일은 부끄러워할 일이 아니었다. 그것은 남들보다 뛰어난 학생에게도 예외 없이 일어날 수 있는 일이라고 말해주었다. 한스가 설령 이번 시험에 떨어진다 하더라도 신은 각자의 삶을 인도할 특별한 섭리를 가지고 있어, 가야 할 길로 그들의 영혼을 이끌어 주실 것임을 잊지 말라고 알려주었다.

헤르만 하일너

시인이라는 꿈에 걸맞게 몽상가적 기질과 예민한 감수성을 지닌 인물이다. 자신만의 의미와 영감을 추구하는 심미적 기질로 인해 형식적이고 천편일률적인 학교교육과는 맞지 않으며, 동급생들에 비해 성숙한 자아의식을 갖추었다. 또한 유머 감각을 겸비한 세련된 비판 의식으로 기성세대의 억압에도 당당히 맞서는 반항아적 면모를 지녔다.

하일너는 시인을 꿈꾸었던 헤르만 헤세의 어린 시절을 대변하는 분신이자, 한스의 내면에 숨겨진 자아의식을 자극해 성숙으로 이끄는 상징적 인물이다. 소설에서는 하나의 인물로 등장했지만, 한스가 스스로 인식하지 못하는 자아의 상징이라고 해석할 수 있다.

한스가 부모에게 순응하며 사랑받고자 하는 헤세의 한쪽 마음이라고 한다면, 하일너는 여기에 반대하고 자신만의 길을 걸어가고자 하는 다른 쪽 마음이다. 그래서 한스는 하일너를 만난 뒤 자기 내면에서 올라오는 알 수 없는 의문에 끊임없이 몰두한다. 그 결과 어른들의 눈치를 살피던 겁쟁이에서 벗어나 하일너와의 우정을 당당히 선택할 만큼 더 성장하게 된다.

"여기에 있는 따분한 위선자들이 공부 말고 다른 세상을 알기나 할까? 그저 할 줄 아는 것이라고는 땀을 뻘뻘 흘리며 공부하는 것밖에 없는 가엾은 존재들이지. 히브리어의 철자보다 더 고귀하고 소중한 것들에 대해서는 전혀 관심이 없어. 그건 너도 예외가 아니야."

한스의 머릿속엔 오후 내내 하일너가 떠나질 않았다. 하일너는 어떤 인물일까? 한스가 겪는 시험으로 인한 고통과 욕망이 그에게는 없었다. 하일너는 자신만의 철학과 가치관을 가지고 있었다. 그리고 다른 학생들보다 삶의 에너지가 넘쳤고 자유로웠다. 하지만 그는 우리와 다른 고민으로 괴로워했고, 공부밖에 모르는 우리와 학교를 경멸의 시선으로 바라보았다. (중략) 또한 그는 우울했다. 그는 남들과 다른 고뇌를 낯설고 귀한 자신만의 보물로 여기는 것처럼 보였다.

교사들과 교장

학교의 교사들과 교장은 기성세대의 권위 의식, 교육이라는 이름의 위선, 질서와 전통을 가장한 자유의 억압을 상징한다. 라틴어 학교의 교사와 교장은 오로지 마을과 학교의 명예를 위해 한스의 성적만을 신경 쓴다. 어른으로서 돌봐줘야 할 아이의 건강한 신체와 정서에는 무관심하고, 한스의 재능만을 주목하는 교사와 교장의 대화는 점점 망가져 가는 한스의 모습과 대조를 이뤄 풍자적으로 느껴진다.

신학교의 교장은 힘 있는 어른으로 보이고 싶은 허영심과 차별의식으로 똘똘 뭉친 사람으로, 한스와 하일너의 우정을 방해하고 둘을 인격적으로 모독하는 행위를 서슴지 않는다. 교장이라는 권력을 이용하여 의도적으로 학생을 문제아로 낙인찍어, 동급생 간에 소외를 유발하는 교활한 인물이다.

> "그 아이는 다른 애들보다 똑똑하답니다. 한스의 얼굴을 한번 보면, 그가 정신으로 충만하다는 걸 느낄 수 있죠." (중략) 아직 앳된 소년의 얼굴에는 음울한 열정이 가득했고, 불안한 눈빛을 지닌 눈동자는 움푹 파여 빛나고 있었다.

> 교장 선생은 분노를 참지 않았다. 왜냐하면 교장 선생은 학생을 향해 부릴 수 있는 강한 힘이 곧 자신의 권위라고 여기며 거만한 자부심에 빠진 사람이었기 때문이다. 그래서 위협적이고 무서운 눈을 하고 한스를 쳐다보았지만, 매번 한스는 그저 비굴하게 웃을 뿐이었다. 그리고 그런 한스의 모습을 볼 때마다 교장 선생의 화는 폭발해 버렸다.

2. 주체적인 '나'가 되기 위한 '양가감정' 다루기

'양가감정'이란 두 가지의 상호 대립, 모순되는 감정이 공존하는 상태를 말한다. 사람은 살아가면서 수많은 상황과 선택 앞에 양가감정을 겪게 되고, 이로 인한 내적 갈등을 겪게 된다. 헤르만 헤세는 자아 성장에서 겪는 이러한 대립적 심리를 섬세하게 묘사해 많은 독자에게 공감과 성찰을 전달한다.

《수레바퀴 아래서》의 주인공 한스는 내면에 끊임없이 생기는 양가감정으로 신경증적 불안을 겪고 있다. 한스가 겪는 양가감정은 진정한 어른이 되기 위해 깨야만 하는 '부모'라는 세계로 인해 생겨난다. 부모의 세계란 부모가 정해준 세속적 성공만이 인정받을 수 있고, 이를 위해서는 자신이 좋아하는 일들을 모두 포기하고 공부만 해야 하는 억압의 세계이다.

이 소설은 '왜 아이가 이러한 억압에 스스로 길들여질 수밖에 없는가', '어른들이 가하는 억압이 한 아이의 정신을 어떻게 망가뜨리는가'를 주인공 한스를 통해 보여준다. 한스의 내면에는 '부모에게 인정받고 싶은 욕구'와 '원하는 삶을 살고 싶은 욕구'가 공존한다. 하지만 인정받고 싶은 욕구 쪽이 너무도 강하기에, 자신이 진정으로 원하는 것이 무엇인지, 왜 항상 두통에 시달리는지 알지 못한다.

한스는 어릴 적부터 자연을 사랑하고 낚시와 수영, 동물 기르기를 좋아하는 소년이었다. 그러나 이런 취미들은 아버지가 바라는 신학교 합격을 위해서는 시간 낭비로만 여겨지는 것들이다. 한스는 '부모에게 인정받는 자식'으로 살아가기 위해 공부를 성실히 하는 것이 올바른 길이라 스스로를 다독인다. 그래서 한스는 자신이 좋아하던 취미 생활도 부정해 버리고 어린 시절의 아름다웠던 기억마저도 지워버린다. 주위의 인정과 기대로 우월감을 느끼며 공부에 의욕을 강하게 느낄수록 오히려 신경증적 두통은 점점 심해져 간다.

타자의 욕망을 내면화한 한스는 진정한 자신의 모습을 상실해 간다. 우월감에 빠진 채 부푼 기대를 품고 입학한 신학교는 더 큰 경쟁과 불안감만이 존재할 뿐이었다.

소설에서 시험을 앞둔 한스는 숙모의 권유로 좋아하지 않는 초콜릿을 억지로 먹은 후, 시험장에 수없이 쌓인 초콜릿을 먹어치워야만 하는 악몽을 꾼다. 이처럼 어른들의 인정은 초콜릿처럼 달콤하지만, 먹으면 먹을수록 자아를 상실하게 만드는 치명적인 유혹이 되기도 한다.

일반적으로 한스와 하일너는 청소년 시기 헤세의 분열된 자아로 해석한다. 한스가 부모의 사랑과 지지를 받고 싶었던 작가의 심리를 인격화했다면, 하일너는 시인의 꿈을 확고히 가진 내적 저항감을 인격화했다. 이러한 두 인물, 한스와 하일너의 자아 정체감 차이를 마샤(J. Marcia)의 자아 정체감 이론을 적용해 분석해 보면 왜 한스가 하일너를 어른과 같이 성숙하다 인식하고 호감을 가질 수밖에 없었는지 이해할 수 있다. 마샤는 청소년들의 정체감 형성 수준을 '위기 경험', '결정'을 기준 삼아 네 가지로 구분했다.

소설 속 '한스'는 위기 없이 자신의 꿈을 결정해 버린 '자아 정체감 유실'에 해당한다. 여기서 '유실'이라는 말이 의미심장한데, 이는 겉으로는 결정된 것처럼 보이지만 결국 나 자신을 잃었다는 뜻이기 때문이다. 내가 진정으로 원하는 것이 무엇인지를 깊이 탐색해 보지 않고 부모나 사회가 정해준 것을 내면화한 정체감은 언제든 위기 앞에서 벗겨질 수 있는 껍데기일 뿐, 진정한 '나'가 아니다.

반면 '하일너'는 '자아 정체감 성취'에 해당한다. 하일너는 다른 학생들과 달리 자신만의 사고와 언어가 발달해 있고, 자신의 꿈과 이상에 대해 남다른 열정을 가진 소년이다. 그래서 어른이나 주위의 평판에 휘둘리지 않고 확고한 삶의 자세를 유지한다.

이 소설은 자아 정체감 혼란으로 고민하는 청소년들에게, 부모에게 인정받고 싶은 욕구와 나로서 살고 싶은 욕구가 서로 충돌할 때가 바로 진정한 나로 살기 위한 첫 시작임을 알려준다. 누군가의 자식이 아닌 '나'라는 한 인간으로 존재하기 위해서는 부모에 대한 죄책감을 직면하고 천덕꾸러기가 될 용기를 가져야 할 필요도 있는 것이다.

또한 한스가 겪는 고통과 좌절은 어른, 부모들에게 '지금까지 사랑과 교육의 이름으로 아이에게 행한 조언과 행동들은 결국 어른의 욕망대로 아이들을 길들이기 위함이 아니었을까'라는 반성을 하게 한다.

부유하지 않은 아이들이 똑똑할 경우, 그 아이들 앞에는 부모가 정해준 유일한 길만이 존재했다. 그 길이란 주 시험에 합격해서 목사나 교수가 되는 것이었다.

마을 사람들은 관료들에게 예의를 표하며 그들과 가까워지고 싶어 하면서도, 자기들끼리 있을 때는 자신이 언제 그랬냐는 듯이 관료를 몹쓸 놈들로 칭했다. 그러나 가장 아이러니한 것은 그들이 내면에 자기 아들이 재능만 있다면 장차 커서 관료가 되길 바라는 야망을 품고 있다는 것이었다.

그때 한스는 자신이 학교를 넘어 더 큰 세상에서 아주 뛰어난 존재가 되리라는 꿈에 부풀어 올랐다. 가진 것이라곤 건강한 신체뿐인 평범한 친구들과 달리, 자신은 더 나은 존재가 될 것이라는 확신에 찬 기대. 언젠가 가장 높은 곳에서 그들을 내려다보게 되었을 때 자신이 느낄 우월감을 상상한 한스는, 건방진 예감 속에서 행복에 빠졌다.

신학교에서 다른 학생들과의 경쟁에서 이기기 위해서는 이전보다 더 많은 노력이 필요하다는 걸 한스는 잘 알고 있었다. 꼭 남들보다 앞서는 존재가 되고 싶었다. 하지만 자신이 왜 그래야만 것인지 그 이유만은 스스로 찾을 수가 없었다.

3. 소년들의 성장과 학교교육

성장소설 《수레바퀴 아래서》는 어른의 세계와 학교교육을 비판적으로 바라보는 시각, 그리고 소년들의 자연스러운 성장과 우정을 긍정적으로 바라보는 시각이 담겨 있다. 또한 소년들이 얼마나 어른스러워 보이고 싶어 하는지와 어설펐던 어른 흉내가 어떻게 점차 성장으로 이어지는가를 문학적으로 형상화한다. 이 소설을 읽다 보면 이제는 어른이 되어 잊어버린 소년 시절 우정의 의미와 그로 인한 성장을 재인식해 볼 수 있다.

① 청소년기 우정의 가치

소설 속 기숙사 생활을 하는 학생들의 기질과 성격은 모두 제각각이다. 그럼에도 공통적인 것은 이제는 자신들이 아이가 아니라 성인에 가까워진 존재라는 것을 인식하고 이를 보여주려 한다는 점이다. 인간은 태어나서 죽을 때까지 여러 발달 과정을 경험하면서 성장하고 성숙해진다. 청소년기는 아이와 어른이 혼재되어 가장 많은 변화를 겪는 시기이기에 '질풍노도의 시기'라고 부른다.

'청소년기의 발달'을 정의한 여러 문헌의 내용을 한마디로 정리하면, '급격한 신체와 정신의 발달이 동시에 일어나는 시기로 혼돈과 격정의 시기이며, 질풍노도의 표면 안에서 조화를 통한 성숙이 이뤄지는 시기'라고 말할 수 있다. 청소년기의 발달은 성인의 시각으로 판단할 수 없기에 정상과 비정상을 구별하지 말아야 하며, 일탈처럼 보이는 문제 행동은 보통 일시적이고, 어른들은 그 안에 담긴 탐구 정신과 도전 정신의 유익함을 발견해 줄 수 있어야 한다.

헤르만 헤세는 성인이 되어 자신의 과거를 잊어버리고 소년들을 이해하지 못하게 된 어른들이 청소년의 거친 듯한 반항심과 그들만의 우정의 의미를 청소년의 시각에서 다시 바라보게 하고, 이것이야말로 자연스러운 성장 과정임을 전달한다.

실은 그들은 할 수만 있다면 다시 부모의 품으로 돌아가고 싶었다. 하지만 학생들은 부모와의 이별에서 오는 상실감, 고향에 대한 그리움과 애정, 그리고 이런 감정 표현은 어린애 같은 모습이라는 부끄러움과 이제부터가 어른의 시작이라는 자긍심 등의 감정의 소용돌이 속에서 홀로 싸우고 있었다. 일부 아이들은 올라오는 울음을 참으며, 아무렇지 않다는 듯한 표정을 지어 보였다.

저녁 무렵이면 기숙사가 아이들의 싸움판이 되곤 했다. 하지만 시간이 흘러 소년들이 하루가 다르게 성장하고 차츰 서로를 이해하게 되면서 싸움도 점차 줄어들었다. 소년들은 이제 자신이 성인이 되었다는 뿌듯함에 빠지곤 했다. (중략) 하지만 꾸며진 어른스러움 속에 차마 숨기지 못한 천덕꾸러기의 모습이 때때로 터져 나왔다. 그럴 때면 어김없이 기숙사는 소년들의 뜀박질과 욕설로 다시금 아수라장이 되어버렸다.

아이들 사이에 소규모 그룹이 생겨났다. (중략) 이러한 결속은 자신의 부족함을 채우고자 하는 은밀한 욕구의 표출이었다. 자연스러운 만남은 미약하긴 했지만 미지의 세계를 탐색하고자 하는 젊은 청춘의 새로운 시도였다. 그들의 내면에는 서로가 평등하다는 생각과 자립을 향한 의지가 강하게 자리 잡았다. 그리고 어린이에서 벗어나 처음으로 자신만의 개성을 발견하게 되었다.

서로에게 멀어진 시간 동안 그들은 더욱 상반된 모습으로 자랐다. 한스는 더욱 온순하고 부드러우면서도 열정적으로 성장했고, 하일너는 강하고 남자답게 성장했다. 이별은 그들에게 서로의 의미를 깨닫게 하는 계기가 되었다. 서로를 그리워하던 그들의 화해는 우정을 성장시키는 선물 같은 경험이 되었다.

② 학교교육과 어른들의 관점이 갖는 문제점

소설 속에서 하일너는 학교교육을 적나라하게 비판한다. 그는 문학 작품을 파편화시켜 형식적으로 분석하는 수업 방식은 작품에 대한 학생들의 흥미를 떨어트리며, 그 본연의 아름다움과 의미마저 없애버린다고 말한다. 이 비판은 작품 자체를 목적으로 하지 못하고 성적을 위한 하나의 수단으로 가르치는 지금의 수업 현장을 반성하게 하며, 학교교육의 진정한 목적은 과연 무엇인가에 대해 다시 고민하게 만든다.

또 하일너를 대하는 교장의 태도에서는 교사와 학생 간의 관계를 고찰해 볼 수 있다. 학교에서는 이 자유로운 소년의 자연스러운 본성을 있는 그대로 인정하고 존중해 주지 않으며, 오히려 억압하고 없애야 하는 위험 요소로 간주한다. 힌딩어의 죽음을 슬퍼하는 교장과 교사의 태도가 위선적으로 다가오는 것은, 그토록 가치 있게 여기는 젊은 생명의 귀중함을 아이러니하게도 정작 살아 있을 때는 존중하지 않았기 때문이다.

학교 현장에서 교사들이 학생들을 지도하기 위해서는 교사로서의, 또 어른으로서의 위엄이 분명히 필요하다. 다만 이 위계는 교사와 학생 간에 긍정적이고 충분한 대화와 서로에 대한 이해가 선행되어야 하고, 그 과정에서 자연스럽게 형성되는 신뢰와 믿음, 즉 라포르(rapport)가 중요한 요인으로 작용한다. 그러나 교사들은 종종 학생과의 관계를 '권력'의 관점으로 접근하고는 한다. 즉 교사와 학생의 관계를 일종의 '힘겨루기'로 생각하고 '어떻게 하면 학생들을 교사의 말에 순순히 따르도록 만들 수 있을까'에 지도의 초점을 둔다. 권위주의적 성향을 가진 부모가 자식을 통제의 대상으로 보는 것과 같은 맥락이다. 그러한 교사의 울타리 안에 있는 아이들은 얼마나 많은 상처와 고통을 감내해야 할까. 《수레바퀴 아래서》의 교사와 교장은 오늘날에도 여전히 존재한다.

학생을 그 자체로 인정하고 본연의 자아를 훼손하지 않으려면 어떠한 시선과 관점을 가지고 아이를 대해야 하는가. 교육의 목표가 어디에 있는가에 따라 그 결과가 얼마나 달라질 수 있는가. 《수레바퀴 아래서》는 교육자들이 바람직한 사제 관계와 진정한 교육의 목표에 대해 다시금 돌아볼 기회를 마련해 준다.

"예를 들면, 호머를 읽을 때 말이야. 우린 《오디세이》를 하나하나 해부해 버리지. 한 시간 동안 우리는 겨우 두 구절만 읽을 수 있어. 단어 하나하나를 쪼개서 분석하고 천천히 의미를 파악하지. 그리고 결국에는 아무것도 느끼지 못한 채 질려버리고 말아. 그런데도 강의가 끝날 땐 선생들은 언제나 똑같이 말해. '여러분은 이제 시의 아름다움을 충분히 느꼈을 거예요.'"

소년에게는 거칠고 자유로운 야만적 본능이 숨어 있다. 먼저 그것을 없애버려야 한다. 그것은 위험한 불꽃 같은 존재이므로 무엇보다도 먼저 꺼버려야 한다. 자연이 낳은 인간은 예측할 수 없는 위험천만한 존재이다. 인간은 알 수 없는 곳에서부터 시작되는 물줄기이며 무질서의 원시림이다. 문명이 원시림을 정리하고, 나무를 베어버리고, 자연을 통제하는 것처럼 학교는 학생들이 가진 자연인의 본성을 강하게 통제하고, 굴복시키고, 없애버려야 한다.

교장 선생을 비롯한 학교의 교사들은 죽은 힌딩어를 진심으로 추모했다. 그가 살아 있을 때는 꿈도 꾸지 못했을 애정과 관심이었다. 선생들은 항상 죽은 학생과 살아 있는 학생을 다른 존재로 여긴다. 죽은 학생에게서 생의 소중함과 청춘의 아름다움을 찾으며 더는 세상에 없는 소년을 그리워한다. 정작 소년이 살아 있을 때는 그에게 무관심한 태도로 상처를 주었음에도 말이다.

4. '수레바퀴'의 의미와 한스의 죽음

"그렇다면 정말 난 알 수가 없네. 뭔가 잘못된 것이 있어 보인단 말이지. 그럼 자네, 앞으로는 공부에만 집중하겠다고 약속하겠나?" 권력자가 내민 악수를 한스는 받아들였다. 교장 선생은 그를 만족스러운 눈빛으로 바라보았다. "그래, 좋아. 앞으로는 지치지 않게 각별히 신경 쓰게. 그렇지 않으면 수레바퀴 아래 깔리게 될지도 몰라."

마음의 상처를 받은 한스는 당황했고, 그 모습은 마치 달팽이처럼 보였다. 자신보다 거대한 수레바퀴에 치여 촉수를 잔뜩 움츠리고 황급히 껍질로 몸을 피하는 달팽이.

소설을 읽고 난 독자의 머릿속엔 '수레바퀴란 무엇을 뜻할까?', '이 소설의 제목은 무엇을 의미할까?'라는 궁금증이 생길 것이다. 수레바퀴는 작품 중 위에 인용한 부분에 등장한다. 첫 번째는 문제아와 어울리는 모범생 한스를 회유하기 위해 건네는 교장의 은근한 협박에서, 두 번째는 한스가 엠마의 반응 하나하나에 긴장하고 상처 입는 약한 모습을 비유하는 부분에서 사용되었다.

첫째, 커다란 수레바퀴는 달팽이로 비유되는 한스와 대조되며 외부의 거대한 힘을 상징한다. 이는 아이가 맞서야 하는 어른의 세계가 얼마나 큰 것인가를 보여준다. 둘째, 수레바퀴는 한번 굴리기 시작하면 누군가 멈추지 않는 한 계속해서 돈다는 특징을 가졌다. 그래서 돌고 돌아 반복되는 우리의 인생을 수레바퀴에 비유하기도 한다. 따라서 기성세대의 억압과 횡포의 구조적 부조리함은 이에 대항하여 막지 않는다면 앞으로 계속 반복될 것임을 경고한다.

소설에서는 한스의 죽음이 자살인지, 타살인지, 한스가 어떻게 죽게 되었는지 나타나 있지 않다. 하지만 헤르만 헤세는 소설 곳곳에, 그리고 마지막 구둣방 아저씨 플라이크의 말을 통해 한스의 죽음에는 어른들의 책임이 있다는 것을 분명히 전달한다. 한창 자라 나무가 되어야 할 어린 존재들을 어른들의 기준과 성적이라는 결과로 멋대로 재단하는 것은 그들의 존엄성을 훼손시키는 행위이다. 이는 회복되기 힘든 상처로 남아 아이의 정신과 삶을 송두리째 망가뜨리는 결과를 가져온다.

한스의 죽음은 '나'의 욕구와 외부의 억압 사이에서 갈등을 극복하지 못하고 자아를 찾지 못한 한 개인의 좌절과 굴복이 아니라, 개인의 힘만으로는 도저히 멈출 수 없는 기성 사회에 맞서는 어린 한스의 최대 저항일지도 모른다.

"저쪽의 어른 무리 말입니다." 그는 조용히 말을 건넸다. "저들에게도 한스가 이 지경이 된 것에 대한 책임이 있죠."(중략) "진정하세요, 기벤라트 씨. 난 학교의 선생들을 가리킨 것뿐이에요."(중략) "아닙니다. 더 말해봤자 이제 와 다 무슨 소용입니까. 결국 당신과 나 역시도 한스에게 소홀했던 점이 많았으니까요. 그렇지 않나요?"

나무의 줄기를 잘라 버려도, 나무는 죽지 않고 새로운 싹으로 생명을 틔운다. 이처럼 상처받은 성장기 소년의 영혼 또한 이전의 꿈 많고 순수한 어린 시절로 되돌아가기도 한다. 마치 그 시절로 돌아가면 다시금 새로운 꿈을 안고 잘려나간 줄기를 회복할 수 있는 것처럼. 그러나 어렵게 틔운 싹은 시간이 흘러 자라나겠지만, 그것은 결코 다시 나무는 될 수 없다. 그저 표면적으로 이어지는 생명에 불과하기 때문이다.

데미안

Demian, 1919

《데미안》(1919)은 헤르만 헤세가 '싱클레어'라는 가명으로 발표한 소설로, 첫 심리 상담 이후 헤세의 자아 성찰과 변화된 작품 세계를 보여준다. 싱클레어의 자아 성장 과정에는 전쟁이라는 시대적 위기 속에서도 고통과 혼란을 이겨내고 진정한 자신에 이르고자 한 헤세의 치열한 실존적 경험과 성장 과정이 담겨 있다.

1. 줄거리와 등장인물

① 줄거리

열 살의 소년 싱클레어는 자신의 집에 서로 다른 두 세계가 공존한다는 것을 인식하고 그 사실에 호기심과 경이로움을 느낀다. 한 세계는 깨끗하고 정결한 부모님의 선(善)의 세계고, 다른 세계는 더럽고 추악한 악(惡)의 세계였다. 싱클레어는 자신이 부모의 세계에 살고 있지만 사실 온전히 그들과 같지 않다는 것에 죄책감을 느끼는 한편, 악의 세계에 호기심을 갖는다.

이 시기에 싱클레어는 악의 세계에 속하는 프리츠 크로머 일행과 어울리는데, 그들이 자신을 무리에 받아주길 바라 도둑질을 했다는 거짓 무용담을 늘어놓는다. 악랄한 크로머는 그 말이 거짓임을 알면서도 이를 이용해 싱클레어를 협박하고 돈을 요구한다. 싱클레어는 자신의 타락을 부모에게 들킬까 두려워 크로머의 요구에 휘둘린다. 이 일로 싱클레어는 부모와 크로머, 양쪽 모두에 두려움을 느끼게 되고, 아무에게도 말하지 못할 자신만의 비밀로 인해 홀로 고통에 빠진다.

이때 싱클레어가 다니는 라틴어 학교에 한 학년 선배인 막스 데미안이 전학을 온다. 데미안은 특유의 어른스럽고 단호한 태도로 단번에 호기심의 대상이 되었고, 곧 그를 둘러싼 무성한 소문이 학교에 나돌기 시작했다. 싱클레어는 수업 시간에 마주친 데미안의 어른스러운 모습에 호기심과 동경심을 갖지만, 왠지 모를 반감도 든다. 그런데 수업이 끝난 후 데미안이 먼저 싱클레어에게 다가와 《성경》 속 카인과 아벨에 대한 새로운 해석과 함께 싱클레어의 집 문에 새겨진 새 문장에 대한 이야기를 한다. 데미안의 해석은 기존의 내용과 달리 죄인 카인이야말로 우월한 개성의 인물이고 아벨은 비겁하고 나약한 존재라는, 신성모독에 가까운 내용이었다. 이에 두려움과 반감을 느낀 싱클레어는 내면에 올라오는 호기심을 억누르고 그와 거리를 두려하지만, 마음속으로는 데미안이라는 존재와 그가 제시한 새로운 해석에 온 정신이 팔리고 만다.

그 후 크로머는 돈을 넘어 싱클레어에게 그의 누나를 데리고 올 것을 요구한다. 이에 더는 크로머에게 휘둘리지 말아야겠다고 결심한 싱클레어는 불안감에 휩싸인다. 그런데 두려움에 떨던 싱클레어 앞에 데미안이 나타나 모든 비밀을 다 알고 있는 듯한 암시를 주며 타인을 두려워하지 말라고 조언한다. 데미안은 크로머에게서 싱클레어를 구해주고, 그 덕분에 싱클레어는 위협에서 해방된다. 그러나 자유를 찾은 싱클레어는 자신의 구원자인 데미안이 아닌 부모의 밝은 세계를 선택하고, 그들에게로 도망쳐 버린다.

일 년이 넘는 시간 동안 싱클레어는 데미안에게 거리를 두고 철저히 밝은 세계 속에서 살려고 노력한다. 하지만 시간이 흘러 어느덧 사춘기가 온 싱클레어는 자기 안의 금지된 것을 향한 욕망을 인식한다. 그것은 바로 성(性)에 대한 호기심이었다. 내면에 있는 악의 세계를 인식하게 된 싱클레어는 그제야 데미안을 받아들이게 된다. 싱클레어와 데미안은 견진성사 시간에 함께 수업을 듣는데, 이때 데미안은 악의 세계를 인정하지 않는 종교의 문제점에 대해 싱클레어에게 이야기한다. 이 이야기를 통해 싱클레어는 데미안과 자신이 정신적으로 연결되었음을 느끼는 한편, 정신적 성숙을 경험한다. 이 경험으로 싱클레어는 아늑했던 유년 세계와 작별하고 자신이 비로소 성인의 길에 들어섰음을 깨닫는다.

이 깨달음 이후 데미안은 여행을 떠난다. 완전히 혼자가 된 싱클레어는 자기 내면의 어둠의 세계에 몰두하면서 밝은 세계만을 인정하는 세상을 경멸하고, 극심한 외로움과 공허함에 빠진다. 그러다 자기보다 나이가 많은 알폰스 벡을 만나, 그들 패거리와 몰려다니며 스스로 자처해 탕아의 길을 걷는다. 그러나 싱클레어는 아무리 세상을 경멸하고 악의 세계로 자신을 망가뜨려도 자신은 알폰스 패거리와 같아질 수 없음을 깨닫는다. 싱클레어 내면에는 밝은 세계를 경멸하는 동시에 타락한 자신을 용납할 수 없는 양심이 존재했기 때문이다.

방탕한 삶으로 인해 퇴학의 위기에 놓인 싱클레어는 우연히 한 소녀를 보고 한눈에 사랑에 빠진다. 싱클레어는 그 소녀를 '베아트리체'라는 애칭으로 부르며 자신만의 성스러운 여인으로 이상화한다. 베아트리체를 통해 자신만의 신성을 찾은 싱클레어는 그동안의 방탕한 생활을 청산하고 베아트리체에 몰두한다. 자신의 마음속에 있는 베아트리체를 그림으로 그린 싱클레어는 문득 그 얼굴이 바로 데미안의 모습임을 알고 놀란다. 그제야 싱클레어는 데미안을 향한 그리움과 자기 내면으로부터 나오는 자신의 운명을 직감하고, 고향 집에 새겨진 새 문장 꿈을 꾼다. 그리고 새를 그려 데미안의 옛 주소로 보낸다.

얼마 후 싱클레어는 자신의 서랍 속에 누군가 놓고 간 쪽지를 발견하고 그것이 데미안의 답장임을 안다. 그 쪽지에는 '새는 알을 깨기 위해 투쟁한다. 알은 세계이다. 태어나기 위해선 반드시 세계를 깨뜨려야만 한다. 새는 신을 향해 비상한다. 그 신은 바로 압락사스.'라고 쓰여 있었다. 싱클레어는 수업 시간에 우연히 '압락사스'가 신이면서 동시에 악마임을 알고 놀란다. 압락사스가 상징하는 양극의 공존이야말로 바로 자신의 운명임을 깨달은 싱클레어는 더욱 자신의 내면에 집중하며, 압락사스가 무엇인지 알고자 한다.

압락사스에 몰두해 있던 싱클레어는 한 교회에서 오르간을 연주하는 피스토리우스를 만나고, 그로부터 압락사스의 존재와 함께 자신의 내면으로 향하는 길이 무엇인지 배운다. 유명한 신부의 아들인 피스토리우스는 신부라는 직업이 자신의 길이 아님을 깨달은 뒤 부모의 기대를 저버리고 새로운 종교 세계의 구현을 꿈꾸는 사람이었다. 피스토리우스의 인도로 싱클레어는 점점 진정한 자신의 본질에 가까워지고, 그럴수록 어머니에 대한 꿈을 자주 꾸게 된다. 꿈속의 어머니는 실제 어머니가 아니라 남자이면서 동시에 여자인 알 수 없는 존재였다. 그러나 싱클레어는 이 존재가 자신의 운명이자 본질임을 깨달았고, 어머니의 존재를 갈망할수록 자기 확신에 가까워지며 스스로 고독의 길을 걷는다.

마침내 싱클레어는 이제 그 누구도 자신의 인도자가 될 수 없음을 깨닫고 스승 피스토리우스와 이별한다. 그리고 그 순간, 오래전 데미안이 자신에게 말해준 카인의 표식이 자신에게 존재함을 처음으로 인식한다.

데미안을 그리워하던 싱클레어는 그의 옛집을 찾아간다. 데미안은 없었으나 그곳에서 만난 노파를 통해 데미안의 어머니 사진을 우연히 보게 되는데, 그녀가 바로 자신의 꿈속 어머니임을 알고 놀란다. 이후 대학에 들어간 싱클레어는 시내에서 데미안을 다시 만나 그의 집으로 초대된다. 드디어 꿈에 그리던 데미안의 어머니 에바 부인을 만난 싱클레어는 그녀의 존재가 바로 자신을 향한 성취이자 회귀임을 인식하고 감격과 행복을 느낀다. 그들은 모두 카인의 표식을 지닌 존재들이었고, 그들과 공동체를 형성해 교류하는 과정에서 싱클레어는 자신에게 새겨진 카인의 표식이 점차 강해짐을 느끼며 심리적 안정감을 얻는다.

어느 날 싱클레어는 에바 부인에 대한 강한 사랑과 갈망을 느끼며 자신의 자아를 인식하는데, 에바 부인은 그 부름의 갈망을 알아채고 데미안을 그에게 보낸다. 그런데 싱클레어를 찾아온 데미안은 갑작스럽게도 곧 전쟁이 시작된다는 것과 자신은 대위라는 직위를 달고 참전해야 함을 전한다. 전쟁의 시작이라는 세계적 충격 속에서 싱클레어도 전장에 나가게 되고, 에바 부인의 키스를 마지막으로 그녀와 작별한다. 싱클레어는 전장에서 만난 많은 이들이 전쟁이라는 공동체의 이상에 도취해 있으며, 개인의 이상과 생명이란 전쟁 앞에서 너무도 부질없는 것임을 느끼고 혼란스러워한다. 그러나 싱클레어는 비록 개인의 이상은 아니지만, 전쟁에의 도취라는 사람들의 광기 역시 이전 세계에 대한 저항이자 새로운 세계를 향한 갈망임을 느낀다. 그러던 중 싱클레어는 포화에 부상을 당해 야전병원으로 이송되는데, 그곳에서 자신의 옆자리에 누워 있는 데미안과 재회한다. 데미안은 싱클레어에게 언제나 자신이 싱클레어의 마음속에 있다는 말과 함께 에바 부인의 입맞춤을 전한다. 잠에서 깬 싱클레어 옆에 데미안은 사라지고 없었지만, 싱클레어는 자기 안에 자신과 닮은 그를 느낀다.

② 등장인물

작가론에서 언급했듯 헤세는 칼 융의 제자인 랑 박사에게 심리 상담을 받은 후 자신을 괴롭히던 심리적 갈등과 방황을 이해하고 이로부터 치유되는 경험을 했다. 이와 같은 상담과 치유의 경험은 그의 삶과 작품 세계에 큰 영향을 미쳤다. 헤세는 심리 상담 이후 발표한 《데미안》을 기점으로 낭만주의 색채가 짙던 이전과는 달라진 작품 세계를 보여준다. 따라서 《데미안》의 인물들이 갖는 의미를 분석심리학과 연결 지어 해석해 보고자 한다.

싱클레어와 데미안

소설에서 데미안은 이미 자기완성을 이룬 자이자 싱클레어의 자아 성장을 인도하는 구원자 역할을 한다. 분석심리학과 연결해 보면 데미안은 싱클레어 내면의 자기 자신을 인격화한 인물로 볼 수 있다. 분석심리학에서는 전일성을 지닌 진정한 자기가 되는 것을

'개성화'라고 한다. 데미안은 싱클레어를 처음 본 순간 싱클레어의 카인의 표식을 알아보고 그를 도왔다고 말한다. 이는 싱클레어의 내면에 존재하는 자아 성장 욕구와 가능성이 데미안이라는 존재를 불러일으켰음을 의미한다.

싱클레어와 데미안은 처음에는 아이와 어른이라는 정반대의 모습으로 그려진다. 그러나 싱클레어는 개성화 과정을 밟으며 자아 성장을 할 때마다 자신의 모습에서 데미안의 모습을 발견하고 그를 갈망한다. 또한 싱클레어가 추구하는 여성상에도 데미안의 모습이 담겨 있다. 에바 부인과의 만남 이후 개성화를 이룬 싱클레어는 더 이상 타인으로서의 데미안이 아니라 내면에 있는 자신과 닮은 자기(self)로서의 데미안을 인식한다.

> "꼬마 싱클레어, 너와 난 이제 이별을 맞겠지. 훗날 어쩌면 너는 다시 나를 찾게 될지 몰라. 그럴 때면 너의 마음을 들여다보렴. 그럼 알게 될 거야. 너의 마음속에 존재하는 나를. 내 말을 이해할 수 있겠니?"

싱클레어의 부모

싱클레어의 자아 성장에 양가적 갈등을 불러일으키는 존재이다. 세계가 밝음과 어둠이라는 양극의 공존으로 이루어진 것과 같이, 자식에게 부모란 의존과 독립이라는 양극의 의미를 지닌다. 《데미안》에서 싱클레어의 부모는 종교와 연결되어 도덕과 선이라는 인간의 반쪽 측면을 상징한다.

지금까지의 이야기 안에서 지금 이 순간이 가장 중요한 의미를 지닌다. 이 순간으로 나의 아버지의 신성함에 첫 칼자국이 생겨났다. 내 어린 시절의 근간이 되는, 누구나 자기 자신이 되기 전에 반드시 깨뜨려야만 하는 거대한 기둥에 새겨진 첫 저항이었다. 우리 운명 속에 가장 기본적이고 내밀한 선은 아무도 알지 못하는 이와 같은 체험들로 형성된다.

프리츠 크로머

프리츠 크로머는 싱클레어를 악의 세계로 끌어들이는 인물로, 싱클레어의 내면에 존재하는 어두운 그림자를 상징한다. 여기서 그림자란 스스로 인정하기 어려워 억압해 놓은 개인의 무의식으로, 인간의 사악하고 어두운 측면을 뜻한다. 성적 본능, 공격적 본능, 약점 등이 여기에 해당한다. 싱클레어의 꿈속 크로머가 싱클레어에게 그의 부모를 죽이라고 시키는 행위도 도덕적이고 성스러운 부모의 세계에 저항하고 싶은 무의식의 표출을 의미한다.

이 그림자는 나에게서 생기와 힘을 빼앗아 갔다. 수없이 많은 꿈 중에서도 나는 특히 크로머가 나를 괴롭히고, 침을 뱉으며, 내 위에 올라타 결박하는 꿈을 자주 꾸었다. 그리고 더욱 극심한 것은, 그가 나를 범죄자가 되도록 종용하는 꿈이었다. (중략) 그 모든 악몽 중에서도 유독 견디기 힘든, 가장 끔찍한 꿈은 바로 내가 아버지를 죽여버리는 꿈이었다.

피스토리우스

분석심리학에 의하면 꿈이란 의식에 억눌려 있던 무의식의 부름이기 때문에 진정한 자기 자신을 찾는 데 중요한 열쇠로 작용한다. 진정한 자신을 찾기 위해서는 꿈에 담긴 무의식의 의미를 받아들이고 이와 조화를 이룰 필요가 있다.

또한 분석심리학은 인간을 개별적인 존재로 해석하지 않는다. 왜냐하면 인간의 내면에는 동서고금을 막론하고 전해지는 동일한 집단 무의식이 존재하기 때문이다. 그래서 집단 무의식을 받아들이고 조화를 이룰 때, 다음 과정인 자기와의 만남이 가능하다. 그런데 무의식을 인식은 하지만 조화를 이루지 못하면 다음 과정으로 넘어가지 못하고 자아 과잉 상태에 빠지게 된다.

이와 같은 분석심리학의 이론을 상징적으로 보여주는 인물이 바로 피스토리우스이다. 피스토리우스는 싱클레어와 꿈을 주제로 이야기하고, 무의식의 투사와 관조의 방법을 알려줌으로써 싱클레어가 자신의 무의식을 받아들이고 진정한 내면을 바라볼 수 있도록 돕는다. 또한 그는 싱클레어에게 집단 무의식의 의미와 중요성에 대해서도 설명해 준다. 이를 통해 자신의 무의식과 조화를 이룬 싱클레어는 다음 과정인 진정한 자기를 추구하게 된다. 그러나 싱클레어와 달리 피스토리우스는 진정한 자기를 추구하지 못하고 외부의 신에게 매달려, 자신의 종교가 세계가 미칠 영향력만을 공허하게 외치고 있다. 이러한 피스토리우스의 모습은 조화를 이루지 못하고 고착되어 버린 자아 과잉을 보여준다. 싱클레어가 피스토리우스를 보며 '골동품 냄새가 난다'라고 말하는 장면은 그의 이상이 진정한 자기 추구가 아니라 고착 상태에 있음을 상징적으로 보여준다.

"우리는 우리가 생각하는 그 좁은 의미의 개성에서 벗어나야만 해! 우리는 늘 남들과 다른 점, 나만 가졌다고 생각하는 것만을 개성이라 부르지. 하지만 우리는 전체 속에 존재할 뿐이야. 우리 인간은 말이야. (중략) 우리 영혼은 한 개인이기 전에 이미 인간이라는 영혼을 담고 있어. 어느 인종을 막론하고 우리 인류의 영혼에는 세상에 존재하는 온갖 신과 악마가 모두 우리와 살아 숨 쉬고 있다네."

그를 향한 나의 목소리엔 스스로도 놀랄 만큼 악의가 섞여 있었다. "지금까지 말해온 그 뻔한 꿈 이야기 말고, 당신이 밤에 꾸는 진짜 꿈을 내게 말해줘요. 지금 말하는 당신의 꿈 이야기엔 빌어먹을 골동품 냄새뿐이네요."

에바 부인

데미안의 어머니 에바 부인은 싱클레어 내면의 무의식인 '아니마'를 상징한다. 분석심리학에 따르면 남성에게 무의식은 하나의 여성적 형상으로 인격화되는 경우가 많으며, 보통 어머니나 여신의 존재로 표현된다고 본다. 이는 총체적인 존재인 인간에게는 원래 여성과 남성 양쪽의 특성이 존재하는데, 성장 과정에서 자신과 반대되는 성의 특성을 억압해 이것이 집단 무의식으로 자리 잡기 때문이다. 이때 남성의 내면에 억압된 집단 무의식의 여성성을 아니마라고 부른다.

싱클레어의 무의식 속 여성성을 상징하는 에바 부인은 싱클레어가 진정한 자기를 만나기 위해 반드시 조화를 이루어야 하는 대상이며, 싱클레어는 에바 부인을 향한 사랑을 통해 온전한 자신을 인식하게 된다. 사랑을 통해 쟁취되겠다는 에바 부인의 말은 우리가 진정한 나를 만나기 위해 내면의 무의식을 부정하지 않고 조화를 이루는 것이 얼마나 어렵고도 중요한 일인가를 상징적으로 보여준다.

> 나는 옴짝달싹할 수 없을 만큼 굳어버렸다. 그녀는 우아하고 아름다운 얼굴을 하고 나를 향해 미소 지었다. 그녀의 얼굴은 데미안과 똑같이 세월의 흐름이 느껴지지 않는, 충만한 영혼을 담고 있었다. 그녀가 건넨 인사는 귀향을 의미했고, 그 시선에서 성취를 맛보았다.

그녀는 말했다. "사랑이란 강요할 수가 없죠. 스스로 확신이 충만해지면 사랑의 힘은 더욱 강해지죠. 그러면 사랑은 끌려다니지 않게 되고 스스로가 끌어당긴답니다. 싱클레어, 당신은 나에게 끌리고 있어요. 언젠가 당신이 사랑의 힘으로 나를 끌면, 그때야 나는 당신 것이 되겠습니다. 나를 주진 않겠어요. 난 당신에게 쟁취되겠습니다."

2. 어른이 된다는 것은 세계를 깨뜨리고 나에게로 향하는 투쟁

새는 알을 깨기 위해 투쟁한다. 알은 세계이다. 태어나기 위해선 반드시 세계를 깨뜨려야만 한다. 새는 신을 향해 비상한다. 그 신은 바로 압락사스.

'품 안의 자식'이라는 말이 있다. 이는 언제나 부모의 품속에 있을 줄만 알았던 어린아이가 어느새 자라 부모의 말을 듣지 않고 자기 생각을 가지게 되었을 때, 부모가 느끼는 상실을 표현한 말이다. 그렇다면 품 안의 자식이었던 아이들은 부모도 모르는 사이에 언제 그렇게 성큼 어른이 되는 걸까? 아마 그 첫걸음은 부모의 법칙이 곧 세상을 향한 자신의 판단 기준이자, 부모의 세계만이 온전한 세상이라는 환상과 착각에서 벗어나 진짜 세상에 대해 인식하게 되는 순간일 것이다. 부모 입장에서는 아이가 눈 깜짝할 사이에

커버렸다고 느껴 아쉬운 마음이 들지도 모르겠다. 그러나 아이 입장에서 어른으로 가는 그 길은 부모의 세계를 깨뜨려야만 하는, 꽤 길고 고통스러운 투쟁의 길이다.

《데미안》 또한 이와 같은 싱클레어의 인식에서 출발한다. 열 살의 싱클레어는 자신이 부모라는 선함과 깨끗함, 도덕과 모범 속에서 살고 있지만, 실은 이 공간에 또 다른 세계인 어둠과 더러움, 타락과 추함의 세계가 함께 있음을 알게 된다. 이에 싱클레어는 자연스럽게 악의 세계에 호기심을 느낀다. 그러나 이와 동시에 싱클레어는 악의 세계에 호기심을 느끼는 자신에 대한 죄책감에 시달린다.

이러한 싱클레어의 새로운 인식과 죄책감은 자신을 둘러싸고 있던 부모라는 세계가 더 이상 온전한 세계가 아님을 깨달은 성장의 첫 신호이다. 새는 아직 태어날 수 없는 약한 시기에는 알 속에서 안전하게 보호받고 그 안에서 성장하지만, 알이 감당할 수 없을 만큼 자라나면 반드시 깨고 밖으로 나와야 한다. 알을 깨지 못한 새는 결국 알 안에서 죽게 된다. 그래서 싱클레어는 악의 세계에 대한 호기심으로 스스로 크로머의 손아귀에 넘어갔으며, 자신은 더 이상 부모의 보호와 사랑 안에 존재할 수 없다는 사실을 깨닫자 유년 세계의 죽음과 새로운 탄생을 절감한다.

부모의 곁에서 걱정 없고 평화롭기만 했던 나의 삶이 이제는 과거가 되어 나로부터 점점 멀어졌다는 사실을 깨닫자, 나는 큰 충격에 휩싸였다. (중략) 그것은 나에게 죽음을 의미했다. 죽음은 쓰디썼다. 그로 인해 나는 새로 태어났으니까. 달라진 내 삶에 대한 초조함과 불안함이었으니까.

그러나 이러한 인식은 첫 시작일 뿐, 아직 싱클레어는 자신의 생각을 온전히 받아들일 내면의 준비가 되어 있지 않다. 왜냐하면 싱클레어가 느끼는 죄책감이란 부모의 세계에서 오는 이분법적인 관점을 그대로 자신의 관점으로 내면화하여 부모의 처벌을 두려워하는 아이의 정서이기 때문이다. 두 세계의 공존을 인식하기는 했지만, 여전히 싱클레어의 마음속엔 부모의 세계가 지향해야 할 긍정적인 세계이고, 악의 세계는 부정적인 금지의 세계인 것이다.

그래서 미성숙한 싱클레어에게는 그를 이끌어줄 인도자가 필요했다. 그가 바로 데미안이다. 싱클레어의 눈에 데미안은 자신과 다른, 단호하며 어른의 냄새가 나는 구원자이다. 데미안은 카인의 표식을 지닌 싱클레어를 알아보고, 그에게 카인과 아벨* 이야기와 함께 싱클레어의 집에 새겨진 새 문장을 이야기한다. 그의 해석은 카

• **《성경》 속 카인과 아벨 이야기** 아담과 이브는 카인과 아벨을 낳았다. 이 중 형인 카인이 동생 아벨이 받는 하느님의 사랑을 질투해 인류 최초로 살인을 저질렀다. 이 죄로 카인은 세상을 떠돌아다니는 벌을 받게 되는데, 그는 자신이 타인으로부터 위협을 당하지 않을까 두려워했다. 이를 안 하느님은 그에게 보호의 표식을 부여했다. 즉 이 표식은 하느님의 보호인 동시에 살인을 저지른 죄인이라는 낙인으로 작용한다.

인은 죄인이 아니라 오히려 강인한 영웅이라는 것이었다. 데미안의 해석은 악이라고 볼 수는 없지만, 결국 부모의 세계를 깨뜨린다는 점에서 싱클레어에게는 두려움으로 다가온다.

> "사람들은 카인의 후손들을 두려워했지. 그들에겐 표식이 있었거든. 그러니까 사람들은 그 표식이 가진 진실한 의미인 우월함을 이야기하지 않고, 반대로 소문낸 거야. (중략) 용기와 개성을 지닌 사람들은 그렇지 못한 사람들에게 언제나 위협적인 존재거든."

구원자 데미안은 싱클레어의 비밀을 알고 크로머로부터 그를 구해주기 전, 싱클레어에게 타인을 두려워하게 되면 진정한 나로 살 수 없다며 타인에 대한 두려움을 버리라고 조언한다. 그런데, 그 조언 속 '타인'이 과연 악인 크로머인지 생각해 볼 필요가 있다. 사실 싱클레어가 진심으로 두려워한 존재는 크로머라는 악인 그 자체가 아니라 자신의 부모였다. 바로 타락한 자신을 향해 내려질 부모의 처벌, 타락했다는 낙인이 싱클레어를 그 자신으로 살 수 없게 하는 두려움의 원인인 것이다. 여기서 '카인은 죄인이 아니라 강인한 영웅'이라는 데미안의 해석이 싱클레어가 가진 두려움과 연결되면서 전체의 의미를 상징적으로 보여준다. 진정 나로 살기 위해서는 부모의 세계를 벗어나야 하기 때문에 그 최초의 시작은 죄인이라는 낙인과 죄책감이 따를 수밖에 없다. 바꿔 말하면 죄책감을 이겨내는 용기야말로 나로 살기 위한 필수적인 요소이자, 이 용기를 가진 개성 있는 자만이 어른이라는 뜻이 된다. 그러나 아직 어른으로 나아갈 용기가 부족했던 싱클레어는 애써 자신의 내면을 무시하고 부모라는 세계가 주는 사랑과 보호 속으로 도망쳐 버린다.

"넌 누군가를 두려워하고 있구나. 그런데 그 두려움은 어디서 시작된 걸까? 사실 그 누구도 두려워해서는 안 돼. 타인을 향한 두려움이 있다는 것은 그에게 나 자신을 통제할 힘을 주었다는 것을 의미하지."

그렇게 나는 분별력을 잃어버리고 부모님에의 의존, 그들의 밝은 세계가 유일하지 않다는 것을 이미 알면서도, 그곳으로 도피해 버리고 말았다. (중략) 사실 그 선택은 두려움으로 인한 것에 지나지 않았다. 데미안은 부모님보다 나에게 더 많은, 더 힘든 것을 요구했을 테니까. (중략) 아, 지금은 분명 깨달았다. 나 자신을 향하는 길만큼 인간에게 거슬리고 고통스러운 길은 없다는 것을!

그러나 시간이 흘러, 싱클레어는 자신이 더는 유년 시기로 도망칠 수 없는 청소년에 이르렀음을 인정하게 된다. 싱클레어가 자기 내면에 자연스럽게 발현되는 '성(性)'을 인식했기 때문이다. 이전에는 악이 외부에 존재한다고 여기며 악의 존재를 애써 부정할 수 있었지만, 자기 내면에 존재하는 악을 인식하면서 더는 이를 부정할 수 없게 되었다. 자기 안의 악을 인정하는 그때부터 싱클레어는 데미안을 받아들일 마음의 준비가 된 것이다. 견진성사* 시간에 데미안으로부터 신성한 세계만 인정하는 가치관의 불완전성을 듣게 된 싱클레어는 자신이 그동안 가졌던 인식의 의미를 깨닫고, 이를 통해 정신적 성숙을 체험한다. 이 모든 성장은 싱클레어의 내면적 준비를 바탕으로 서서히 일어난다. 데미안은 싱클레어를 가르치려 하지 않고 그저 기다리고, 때가 되면 옆에서 싱클레어를 도울 뿐이다.

"사람들은 생명의 아버지인 신을 섬기면서도 생명의 뿌리인 성생활은 무의미한 것으로 여기고, 더 나아가 죄스럽게 생각하고 악마의 짓으로 치부해 버리지! (중략) 하지만 우리가 신을 섬기는 것처럼 우리는 이 전체를 성스럽게 여기고 존경해야 해. 자의적으로 나눠버린 절반의 세계가 아니라, 실존하는 세계 전체를 말이야."

나만의 문제라고 생각했던 의문들이 실은 모든 인간이 가진 문제, 모든 삶과 연결되는 문제라는 그 통찰은 신성한 울림을 주었다. (중략)

* **견진성사** 가톨릭교회의 일곱 가지 성사 중 하나로, 12살 정도의 사리 분별이 가능해진 시기에 진행된다. 이는 세례를 받은 신자가 자신의 신앙을 성숙시키고 신에게 신앙심을 증언하는 종교 활동이다. 소설에서는 자신의 성장을 인식하는 싱클레어가 정신적으로 어른의 길에 접어들었음을 상징한다.

그 통찰은 기쁘지 않았다. 확신에 차게 하고, 행복감을 주면서도 동시에 씁쓸함을 안겨주었다. 그 통찰의 결과는 혹독했다. 그 통찰로 일종의 책임감이, 이제 더는 철부지 어린아이가 아니며 자신의 삶을 혼자 짊어져야 한다는 내적 울림이 일어났기 때문이다.

이러한 정신적 성숙은 유년의 의존성에서 벗어나 자신의 삶을 책임지는 어른으로서의 성숙을 의미한다. 《데미안》은 싱클레어의 정신적 성장을 통해 어른이 된다는 것은 자신의 삶을 홀로 걸어가며 자기 인생을 책임져야 하는, 삶의 무게를 짊어지는 일임을 보여준다. 그래서 정신적 성숙을 경험한 싱클레어는 자유로움이나 후련함이 아니라 어른으로서의 책임감에 가혹하고 씁쓸한 심정을 느낀다.

데미안과 헤어지고 홀로 남은 싱클레어는 청소년이 된다. 이 시기의 싱클레어는 세상에 홀로 남겨진 듯한 외로움과 자신을 이해하지 못하는 세계에 대한 반항심을 느낀다. 그래서 싱클레어의 정신적 성숙은 부모에게 느꼈던 두려움에서 벗어나 부모를 향한 경멸이라는 정서적 변화로 이어진다. 그러나 부모의 세계를 부정하는 것만으로 그 세계를 깰 수는 없다. 부모의 세계를 부정하는 길은 금지된 세계로 무작정 뛰어들어 탕아가 되는 길일 뿐, 진정한 나를 향한 길은 아니기 때문이다.

탕아로 타락한 싱클레어는 자신의 행동에 양심의 가책을 느끼며 괴로워하다가 그 길 역시 자신의 길이 아님을 깨닫게 된다. 자기 안에 양심이라는 신성한 존재를 차마 저버릴 수가 없었기 때문이다. 그때 싱클레어는 한 소녀에게서 자신만의 신성한 여인, 베아트리체를 발견한다. 그리고 그 후 끊임없이 성스러운 여인에 몰두하면서 탕아의 길을 스스로 빠져나온다. 싱클레어가 도덕적 타락을 경험한 후 스스로 부모의 세계를 추구하게 된 상징적 의미는 그 다음 이야기인 압락사스와 연결해 볼 때 자연스러운 과정이자 중요한 전환점이다. 유년 시절의 싱클레어가 보인 부모의 세계에 대한 존경이 두려움에 따른 복종에 가까웠다면, 타락을 경험한 후 선에 대한 존경은 세상에 존재하는 선에 대한 진정한 자신만의 인식이다.

그래서 이 전환점을 통해 싱클레어는 베아트리체라는 존재가 타인으로서의 여인이 아니라 데미안이자 더 나아가 곧 자기 자신임을 발견하게 되는 것이다. 그제야 싱클레어는 '모든 것이 자기 안에 있다'라는, 잊고 있던 데미안의 말의 의미를 깨닫고 드디어 알을 깨고 나온 자아를 인식한다. 이러한 싱클레어의 성장은 그의 꿈을 통해 상징적으로 표현된다. 진정한 내면의 자아, 나라는 존재를 믿게 된 싱클레어는 문장의 새를 삼키고 이 새가 자기 내면을 모두 먹어 치우는 꿈을 꾼다. 이 새가 바로 싱클레어의 마음에 숨겨진 진정한 자아이자 자아 성장 욕구의 이미지이다. 그래서 진정한 자아를 상징하는 새는 개성의 용기를 가진 카인의 표식이 된다.

'운명과 마음은 하나의 개념에 붙여진 두 개의 이름이다.' 나는 이 말에 담긴 의미를 그제야 비로소 알게 되었다. 나의 소녀, 베아트리체와는 종종 마주쳤으나 전과 달리 나는 그녀를 향해 어떤 마음도 들지 않았다. 그러나 하나의 풍요로운 예감, 온화한 일체감만은 느낄 수 있었다. 너와 난 하나야. 그러나 그것은 네가 아니고, 네 존재의 의미로 말이야. 베아트리체, 그녀가 바로 내 운명이거든.

마침내 그는 나에게 문장을 억지로 삼키게 했다. 삼킨 문장은 죽지 않고 살아서 내 안을 꽉 채웠다. 그리고 끝내 나를 갈아 먹으며 없애버리기 시작했고, 그것을 느낀 나는 소스라치게 놀랐다. 죽음을 경험한 나는 두려움에 떨며 헐레벌떡 잠에서 깨어났다.

《데미안》을 통해 우리는 청소년기의 심리적 방황에 담겨 있는 자아 성장의 의미를 이해하면서 무엇이 진정으로 어른이 되는 길인지 배울 수 있다. 베아트리체가 상징하는 '자신만의 신성 추구'가 우리에게 주는 메시지는 세계는 완전한 악도, 완전한 선도 아닌, 두 세계의 공존이라는 것이다. 그래서 세계라는 알을 깨기 위해서는 마음속 깊이 부정하던 악을 인정하는 것과 동시에 반드시 자신만의 신성을 스스로 찾아야 한다. 이것이 일종의 삶의 기준점이라고 할 수 있다. 이 양극 안에서 자신만의 기준을 가지고 스스로의 운명을 책임지는 것이 진정한 나, 어른의 시작점이다.

"'금지되었다'는 것은 고정불변의 절대적인 것이 아니야. 바뀔 수 있지. (중략) 그러니까 우리는 누구나 스스로 자기만의 금기를 찾아야 해. 자기에게 무엇이 허락되고 자신이 무엇을 할 수 없는지. 허락되지 않은 것을 행할 순 없거든. 금지를 어기면 엄청난 악당이 될 수 있지. 반대로 그만큼 악한 자만이 금기를 어겨버리고 말아. 사실 그런 삶이 편할 순 있어. 스스로의 기준을 만들고, 그것을 지켜내지 못하는 사람은 편하다 못해 그렇게 사는 것에 익숙해져 버리지. 늘 그렇듯 그렇게 살면 삶은 쉬워져."

부모를 향한 의존과 두려움, 외로움과 방황을 거친 싱클레어는 이제 자신의 내면과 자신이 걸어가야 할 운명에만 집중할 준비가 된다. 그래서 대학생이 된 싱클레어는 그 운명대로 살아보겠다고 다짐하고, 자신만의 신 '압락사스'를 찾는 고독한 길을 걷는다. 외로움에 빠졌던 과거와 달리 온전히 자신에게 집중하게 된 싱클레어는 외로움이 두렵지 않다. 타인의 관심과 시선에서 벗어나 오히려 스스로가 고독함을 자처한다.

어쩌면 시간이 흘러 더 자라면, 나 역시 무엇인가 되어 있을지도 모른다. 하지만 어떻게 내가 그걸 장담할 수 있단 말인가? 어쩌면 나는 앞으로도 계속 무언가를 찾아 헤매겠지. 얼마 동안이나. 그러고는 아무것도 이루지 못하고, 어떤 것도 되지 못할지도 모른다. 또 내가 바라는 목표가 실은 악하고, 부정적이고, 두려운 목표일지도 모른다. 그러나 내 속에서 꿈틀대는 것, 바로 그것대로 나는 살아보려고 한다. 왜 이 결심이 그토록 어려웠을까?

그러나 싱클레어는 자신의 내면에 집중하고 바라보는 방법을 몰랐다. 그래서 또 다른 인도자 피스토리우스를 만나 세상이 정해 놓은 도덕적 잣대에서 벗어나 온전하게 자신의 내면을 관조하는 법을 배운다. 자기 내면으로 향하는 방법을 배운 싱클레어는 드디어 자신이 찾던 신, 새가 날아가야 하는 지향점 '압락사스'가 무엇인지 깨닫는다.

"자신의 인생을 남의 인생과 비교하는 것은 아무 쓸모가 없네. 자연이 자넬 박쥐로 낳았다면, 자신을 타조로 바꾸려 들지 말게. 다른 사람들과는 다른 길을 걷는 자신을 인정하지 못하고 때때로 비난하기도 하겠지. 그러나 자신을 향한 그 목소리를 멈추게나."

"싱클레어, 잘 들어. 우리의 신은 압락사스야. 그는 신이자 동시에 악마라고. (중략) 압락사스는 자네의 선택, 자네가 바라는 소망, 자네의 삶 그 어떤 것에도 제재를 가하지 않아. 이 점을 기억하게. 하지만 자네가 흠잡을 곳 없는 정상적인 사람이 되어버린다면, 그땐 자네 곁에 있던 압락사스는 사라지고 말지."

"누군가를 미워하거나 그 어떤 나쁜 짓을 저지르고 싶은 욕망이 들거든, 그 순간 떠올려보게. 그렇게 자네 마음 안에 날뛰는 존재가 바로 압락사스라는 것을! 우리가 다른 사람을 싫어한다는 것은, 실은 우리 마음 안에 있는 나 자신의 무언가를 발견하고 미워하는 것이지. 우리가 가지고 있지 않은 것. 그것은 우리의 마음을 움직일 수 없어."

싱클레어가 찾은 '압락사스'는 외부에 존재하는 것이 아니라 바로 자신의 내면에 있었다. 자신이 추구해야 할 신은 자기 내면에 존재하는 자기를 찾는 것이었다. 이 깨달음 이후 싱클레어는 꿈속에서 자신이 그토록 갈망하는 여인의 존재를 점점 더 구체화하고 강하게 인식하게 된다. 꿈속의 어머니로 등장하는 이 여인은 신성화된 베아트리체와 달리 서로 양극이 공존하는 전체, 온전함을 상징한다. 그래서 이 어머니는 남자이면서 동시에 여자이고 창녀이면서 동시에 어머니이다. 이후 싱클레어는 자신의 신은 자기 내면에 있다는 이 깨달음으로 자기 외부의 신에 매달리는 피스토리우스와 이별한다.

누구에게나 저마다의 본분이 있겠지만, 그것은 결코 자기 멋대로 선택하고 이랬다저랬다 바꿔버려도 되는 역할이 아니라는 것. (중략) 각성한 인간 앞에 놓인 의무는 한 가지 이외엔 아무것도, 절대, 절대 존재하지 않는다. 그것은 나 자신을 발견하고, 스스로를 향해 확신을 가지는 것. 자기 앞에 놓인 길을 느리더라도 걸어가는 것. 그가 어느 순간, 어디에 있든 말이다.

드디어 오랜 갈망 끝에 만난 운명의 여인 에바 부인은 싱클레어에게 자신의 운명으로 향하는 길에 변함없이 충실하라 이야기한다. 이런 에바 부인의 조언은 부모라는 알을 깨고 나온 어른들에게 그들 앞에 놓인 길은 자신의 운명을 향한 끊임없는 투쟁의 길임을 말해준다. 알을 깨고 나오는 것은 투쟁의 끝이 아니라 새로운 투쟁의 시작이다.

"어린아이 같은 싱클레어! 당신의 운명은 언제나 당신 편이랍니다. 언젠가 그것은 당신의 것으로 온전히 완성될 거예요. 당신이 바라는 대로요. 당신이 운명을 향해 변함없는 사랑을 지켜낸다면요."

싯다르타

Siddhartha, 1922

《싯다르타》(1922)는 기독교와 불교, 힌두교와 중국의 노장사상까지 다양한 종교적 색채가 담긴 소설이다. 그중 불교적 색채가 가장 두드러지게 드러나지만, 《싯다르타》는 단순히 불교적 깨달음을 담은 종교소설은 아니다. 헤르만 헤세는 "《싯다르타》는 자신 안에 있는 신성을 찾아가는 구도의 과정이다."라고 창작 의도를 밝힌 바 있다. 이 작품은 헤세가 다양한 종교철학을 바탕으로 자아의 완성에 이르는 과정을 담은 성장소설이다.

1. 줄거리와 등장인물

① 줄거리

바라문의 아들로 태어난 싯다르타는 최고의 지위와 넘치는 재능, 풍족한 삶, 모두에게 사랑받는 환경 속에서도 자기 내면에 불만족을 느끼고 바라문의 교리에 의구심을 가진다. 이로 인해 고뇌하던 싯다르타는 고행을 통해 자신을 초월한 사문 행렬을 보게 된다. 싯다르타는 그 길로 자신도 사문이 되기로 결심하고 집을 떠난다. 그리고 싯다르타를 존경하고 따르던 친구 고빈다 역시 그를 따라 사문이 된다.

그러나 온갖 고행의 경지에 이르러도 다시 자기 자신으로 돌아온다는 것을 깨달은 싯다르타는 모든 욕망을 억제하는 고행에 회의를 느낀다. 싯다르타는 욕망을 억제하는 고행의 방식은 결국 나에 대한 집착을 일으킬 뿐이며, 나를 벗어나서는 진정한 자아를 찾을 수 없다는 것을 깨닫는다. 이 시기에 싯다르타는 열반에 이르렀다는 세존 고타마의 소문을 듣고, 고빈다와 함께 사문을 떠나 세존을 찾아간다.

세존을 만난 싯다르타는 그의 표정, 걸음걸이, 행동을 통해 그가 진정 열반에 오른 부처임을 인정하지만, 자신이 아닌 다른 사람의 가르침으로는 진정한 나를 찾을 수 없음을 알게 된다. 그래서 타인이 아닌 자기 내면의 소리를 따라 깨달음을 얻기로 결심하고 세존의 제자가 되기로 한 고빈다와 작별한다.

숲을 빠져나오던 싯다르타는 스스로에게 질문을 던진다. 그 질문을 통해 자신이 그토록 다른 사람에게서 배우고자 했던 것이 다름 아닌 자아의 본질이었음을 비로소 깨닫는다. 지금까지 자신의 바깥에서 자아를 찾고 있었던 스스로의 어리석음을 깨달은 싯다르타는 현실에 존재하는 그 자체인 나의 내면에 충실히 따르기로 한다. 더 이상 자신의 목소리를 부정하지 않고 원하는 대로 살기로 한 싯다르타는 내면의 소리를 따라 속세에 가기로 결심한다.

싯다르타는 뱃사공을 만나 그의 도움으로 강을 건너 속세로 향한다. 속세에 도착한 싯다르타의 내면에는 여인을 향한 욕망이 끓어오르는데, 때마침 아름다운 기생 카말라를 만나게 된다. 싯다르타는 한눈에 반한 카말라에게 사랑을 배우기로 마음먹고 그녀를 찾아간다. 카말라는 싯다르타가 비록 행색은 초라하나 그가 그녀에게 바친 시와 남들과 다른 그의 태도를 보고 반해 싯다르타를 받아들인다. 카말라는 싯다르타에게 재산가 카마스와미를 소개해 가진 게 없는 그가 세속에서의 삶을 이어나갈 수 있도록 돕는다. 글 쓰는 재주로 상인 카마스와미의 밑에서 일하게 된 싯다르타는 물질적 풍요 속에서 카밀라에게 사랑을 통한 쾌락을 마음껏 배우게 된다.

사문 정신을 지닌 싯다르타에게 재산이란 처음에는 그저 유희에 불과할 뿐 집착의 대상이 아니었다. 그의 눈에는 속세의 사람들이 마치 어린아이처럼 비쳤다. 싯다르타는 재물과 같이 사소한 것에 몰두하는 어리석은 그들을 자신과는 다른 하찮은 존재라고 생각했다.

그러나 우월감을 느끼던 싯다르타는 카말라에게 사랑의 유희를 배우는 데 몰두하면서 자신도 모르게 세속적인 삶에 동화되어 간다. 속세의 방식에 익숙해지고 점차 시간이 흐르자 싯다르타는 사문 정신을 잃게 되고, 결국 권태로움과 타락의 길에 빠지게 된다. 탐욕의 끝에 다다른 싯다르타는 자신이 더 이상 내면의 소리에 귀 기울이지 않는 존재라는 것을 깨닫고 절망한다.

타락한 자신을 혐오한 싯다르타는 강가에 다다라 스스로 목숨을 끊으려 한다. 그런데 자살을 하려던 그때 싯다르타의 입에서 옴('완성', '온전함'을 뜻하는 힌두교, 불교의 신성한 주문)이 흘러나오고, 그 순간 싯다르타는 내면의 신성과 생의 불멸성을 느끼며 그대로 깊은 잠에 빠지게 된다.

잠에서 깨어난 싯다르타는 자신이 완전히 새롭게 태어나 과거와 다른 존재가 됐음을 느낀다. 그는 강에서 배움을 찾으라는 내면의 소리를 따라 그곳을 떠나지 않기로 결심한다.

과거 자신을 속세에 데려다준 뱃사공 바주데바를 만난 싯다르타는 강으로부터 모든 걸 배운 그에게 자신 역시 뱃사공 일을 하게 해달라고 청한다. 강으로부터 깨달음을 얻은 싯다르타는 바주데바와 점점 닮은 현인이 되어간다.

시간이 흐르고, 세존 고타마가 곧 인간의 삶을 마칠 거라는 소문이 돌자 많은 사람들이 그의 마지막 모습을 보기 위해 강을 건넌다. 카말라 역시 세존을 보기 위해 강을 건너려는데, 뱀에 물리는 바람에 강가에 쓰러져 점차 죽어간다. 이를 발견한 싯다르타는 카말라의 죽음을 지키는데, 그녀와 함께 온 아이가 자신의 아들이라는 사실을 알게 된다.

소중한 존재를 얻은 싯다르타는 행복감을 느꼈으나, 그 행복은 오래가지 못했다. 철없는 응석받이 아들은 숲속의 생활을 견디지 못해 싯다르타에게서 벗어나려고 하루가 다르게 거칠어졌다. 바주데바는 싯다르타에게 그의 삶을 아들에게 강요하는 것은 집착이며 그 누구도 각자의 운명을 바꿔줄 수 없으니, 아들을 속세로 보내라고 조언한다. 그러나 싯다르타는 세속의 윤회 안으로 너무나 사랑하는 아들을 차마 보낼 수 없었기에 아들에 대한 집착을 버리지 못한다.

그럴수록 아들의 반항은 더욱 심해졌고, 결국 숲에서 도망쳐 자신이 원래 있던 곳으로 가버렸다. 아들이 원하는 대로 두어야 한다는 바주데바의 조언에도 싯다르타는 걱정과 그리움을 이기지 못해 아들을 쫓아간다. 카말라의 정원에 도달한 싯다르타는 그곳에 있던 승려들을 보고 자신의 과거를 떠올린다. 그리고 아들을 향한 사랑이 바로 윤회의 집착임을 깨닫고 숲으로 돌아온다.

그러나 싯다르타는 여전히 아들에 대한 그리움을 떨쳐버릴 수가 없었다. 처음 경험하는 그리움의 감정에서 인간의 가장 근원적인 생명력을 느낀 싯다르타는 그제야 자신이 하찮게 여겼던 다른 사람들과 자신이 별다를 게 없는 똑같은 인간임을 인정하게 된다.

그 후 강가에 가서 얼굴을 비춰보던 싯다르타는 아버지의 모습을 발견한다. 자신의 출가를 걱정하던 아버지와 지금의 자신이 똑같음을 깨달은 싯다르타는 이 역시 윤회의 굴레임을 느낀다.

윤회의 굴레에서 벗어나지 못하는 자신의 어리석음에 부끄러움을 느낀 싯다르타는 바주데바에게 강물이 자신을 비난하는 소리를 들었다며 고백한다. 이에 바주데바는 고통뿐만 아니라 강물에는 모든 소리가 담겨 있다고 말한다. 강물의 소리를 듣던 싯다르타는 강물 안의 온갖 소리와 강물의 모든 형태가 결국은 하나임을 깨닫고 완전한 자아의 전일성을 배우게 된다. 이후 싯다르타는 온몸에서 빛을 발하는 완성자가 된다.

② 등장인물

싯다르타

부처인 고타마 싯다르타와 동명이인이자 소설의 주인공이다. 자아란 무엇이며, 자아의 완성은 어디에 있는가를 끊임없이 고민하는 구도자이다. 헤세는 싯다르타를 통해서 자신이 추구하는 자아의 통합적 완성이 무엇인지 보여준다. 싯다르타의 계급인 '브라만'이라는 명칭은 카스트제도의 최상위 계급을 의미하는 동시에 힌두교의 궁극적 진리를 뜻한다. 브라만의 내면에 있는 참된 '나'를 '아트만(불변의 진리)'이라고 하며, 힌두교에서는 이 '아트만'이 무엇인가를 추구한다. 그러나 싯다르타는 종교적 아트만 '나'에 대한 의구심에서 시작하여, 그 끝에는 종교를 벗어나 존재하는 인간인 '나'를 추구한다.

그렇다면 신들에게 제사 지내는 행위만이 도덕적이고, 신성하고, 최고의 정신적 가치일까? 우러러보고 믿고 따라야 할 유일한 존재가 아트만밖에 없을까? 그렇다면 아트만은 무엇이며 어디에 있고, 어떻게 찾을 수 있단 말인가? 그것은 모두 각자 자신에게 있는 가장 내밀하고 영원한 자신의 자아 속에 존재하는 것이 아닐까? 그렇지만 오로지 자신만의 것인 궁극의 자아란 도대체 어디에 존재하는 것일까?

세존 고타마

세존 고타마는 불교의 창시자 고타마 싯다르타이다. 계속된 고행의 실패로 방황하던 싯다르타는 '과연 진정한 깨달음에 이른다는 것이 가능한가'라는 의구심을 품게 된다. 세존 고타마는 싯다르타에게 그의 존재 자체로 깨달음의 표본이 되어 싯다르타를 새로운 방향으로 이끈다. 세존 고타마는 싯다르타에게 너무 지나치게 똑똑하지 않도록 경계하라는 암시를 주는데, 이는 후에 싯다르타의 깨달음과 연결되어 세존의 혜안을 보여준다.

자신의 가장 깊은 내면의 근원까지 들어가 본 사람만이 진실한 눈으로 그렇게 걸어갈 수 있는 거야. 좋아, 그렇다면 이제부터 나도 나의 가장 내면의 근원을 만나기 위해 애쓰겠다. (중략) 이제 내 곁에는 그림자처럼 나를 따르던 옛 친구 고빈다는 없다. 나의 친구는 고타마의 그림자가 되어 그를 믿고 따르게 되었구나. 고타마는 나에게서 가장

> 친한 친구를 빼앗아가는 동시에 나에게 싯다르타라는 자신을 선물해 주셨다.

고빈다

고빈다는 싯다르타의 오랜 친구로, 싯다르타와 마찬가지로 구도자의 길을 걷는 인물이다. 그러나 싯다르타와 달리 깨달음을 얻지 못한다. 소설의 처음부터 마지막까지 타인으로부터 가르침을 구하는 존재이다.

고빈다는 싯다르타가 하나의 깨달음에 이를 때마다 그와 재회하지만, 항상 싯다르타의 깨달음을 이해하지 못한다. 이런 고빈다의 모습은 진정한 깨달음이란 타인의 가르침으로 얻을 수 없다는 주제 의식과 연결된다. 그러나 고빈다는 소설 맨 마지막에 완성을 이룬 싯다르타를 만나 비록 그의 가르침은 이해하지 못하지만 완성된 자에 대한 말할 수 없는 경외감을 느낀다. 이와 같은 결말은 앞으로 고빈다가 걸어갈 구도의 과정을 암시하는 한편, 싯다르타에 대한 고빈다의 경외감을 독자에게 생생히 전달하여 긴 여운과 감동을 남긴다.

> 그는 자기가 사랑하고 존경하는 친구를 언제나 따르겠다고 마음먹었다. 훗날 싯다르타가 신의 경지에 오른다면, 온몸에 찬란한 빛을 떠는 존재가 된다면, 고빈다는 언제나 그의 친구이자, 동료이자, 그를 보호

하는 무사로서, 그를 위해 희생하고 복종할 준비가 되어 있었다.

카말라

세속의 쾌락 중 사랑의 유희를 상징하는 인물이다. 비록 신분은 기생이지만 아름답고 지혜로운 여성이다. 카말라는 다른 사람의 눈에는 그저 가난한 사문일 뿐인 싯다르타가 가진 정신적 아름다움과 그것의 가치를 진정으로 알아준다. 또한 사랑이란 감정을 억지로 뺏을 수 있냐는 싯다르타의 질문에 사랑은 마음은 주는 사람의 자발성을 얻지 못하면 아무것도 아님을 가르쳐준다. 그러나 싯다르타는 카말라에게서 사랑의 기술은 배웠지만, 그것은 어디까지나 즐거움의 감각일 뿐 진정 사랑하는 마음은 배우지 못한다.

"당신 주위의 사문이나 브라만 중에, 다른 사람에게 자신이 쌓은 지식, 신을 향한 믿음, 세상을 보는 지혜를 빼앗길까 두려움을 느끼는 사람이 존재하나요? 그런 이는 없지요. 그것들은 오직 그들만이 부릴 수 있는 고유한 것이기 때문이죠. (중략) 당신이 얻고자 하는 카말라의 마음이란 것도 그것과 다를 바 없이 똑같아요. 사랑이란 것은 그런 것이에요. 사랑은 애걸하여 얻을 수 있고, 돈을 지불한 대가로 가질 수도 있고, 거리에서 주워 얻을 수도 있지만, 그러나 절대 억지로 뺏을 수는 없어요."

"그에게 친절하게 대응해 보세요. 그의 권세를 이용하려면 말이에요. 그러나 겸손을 넘어 비굴해지지는 마세요. 나는 당신이 그의 권세에 굴복하는 것은 원하지 않습니다. 그에게 동등한 자격으로 대우받지 못한다면, 나는 당신을 인정할 수 없을 거예요."

카마스와미

카마스와미는 인간이 가진 물질적 욕망이자 지극히 세속적인 가치관을 상징한다. 다른 가치는 배제하고 오로지 재산을 모으는 일에만 몰두하는 카마스와미는 인간의 탐욕스러움을 보여준다. 이런 카마스와미에게 싯다르타는 그저 곤궁하고 비루한 존재로만 여겨진다. 때문에 카마스와미는 물질에 집착하지 않는 싯다르타를 전혀 이해하지 못한다.

카마스와미는 백발이 다 된 나이임에도 영리한 판단력을 가진 눈매, 탐욕에 길들여진 입, 그리고 윤기 흐르는 얼굴에서 느껴지는 재빠름을 지닌 사람이었다.

"사문이라고 해서 곤궁을 느끼지 않을 수가 있습니까? 사문이야말로 가장 가진 것 없는 완벽한 가난뱅이 아닙니까?"
"맞습니다. 전 물질적으로 가진 것이 없지요." 싯다르타가 대답했다. "당신의 기준으로 보면 저는 가난뱅이에 지나지 않습니다. 그렇지만 저의 기준에서 보면 그건 결코 곤궁한 것이 아닙니다."

바주데바

세존 고타마가 종교적 완성을 이룬 스승이라면, 바주데바는 자아의 완성을 이룬 스승이다. 강물로부터 모든 것을 배웠다는 뱃사공 바주데바 역시, 싯다르타가 자아의 완성을 향해 갈 수 있도록 자신의 존재 자체로 깨달음을 준다. 이는 세존 고타마와의 방식과도 동일하다. 가르치려 하지 않고 그 자체로 영감을 주며, 그저 싯다르타의 옆에서 묵묵히 그의 말을 들어준다.

"당신이 배울 사람은 내가 아니라 강입니다. 나에게 남의 말을 귀담아들으라고 가르쳐준 것은 강이었어요. 당신 역시 모든 것을 알고 있는 강으로부터 그것을 배우게 될 겁니다. 이미 당신은 강으로부터 배움을 얻었어요. 아래로 향해 나아가는 것, 나쁜 것들을 차분하게 가라앉히는 것, 깊이 있는 삶을 추구하는 것. 가장 높은 곳에 있던 브라만 싯다르타가 가장 낮고 천한 뱃사공이 되리라. 이런 것 또한 강이 당신에게 가르쳐준 것들이죠. 앞으로 당신은 강으로부터 더 많은 것들을 배우게 될 것입니다."

싯다르타의 아들

싯다르타의 아들은 부유하고 허용적인 분위기에서 자라 제멋대로에 응석받이인 인물이다. 타고난 기질이 싯다르타와 다르기에 자신을 변화시키고자 하는 싯다르타를 위선자로 여기며, 숲의 생활을 견디지 못한다.

소설에서 아들의 존재는 매우 중요한 역할을 한다. 싯다르타는 아들과 함께하며 행복감과 깊은 사랑을 느끼게 된다. 그러나 이는 곧 집착과 고통으로 변하는데, 그는 이를 통해 고락의 윤회를 깨닫는다. 아들은 싯다르타가 카말라에게서 배울 수 없었던 인간의 사랑 그 자체를 느끼게 만드는 존재이다. 또한 싯다르타가 오만함에서 벗어나 자신 역시 남들과 다르지 않은 하나의 인간임을 알게 한다.

> 지금까지 싯다르타는 다른 이에게 마음을 빼앗겨 자신을 희생하고, 잊어버리고, 그로 인해 어리석은 행동을 한 적이 단 한 번도 없었다. 그는 결코 그런 일들은 자신에게 일어날 수 없다고 여겼다. 그래서 그런 일을 할 수 있는 어린애 같은 속세 사람들과 자신은 다르다고 여겼다. 그런데 자신의 아들이 생기고부터 싯다르타도 그들과 같은 어린애 같은 인간이 되어버렸다. 자신이 아닌 다른 사람 때문에 고통에 빠지고, 어리석은 일인 줄 알면서도 행할 수밖에 없는 그저 한낱 인간에 불과해져 버렸던 것이다.

2. 《싯다르타》 속 불교와 자아 성장

① 번뇌즉보리, 생사즉열반(煩惱卽菩提, 生死卽涅槃)

《싯다르타》를 이해하기 위해서는 이야기 전반을 관통하는 불교적 깨달음을 먼저 알고 접근하는 것이 도움이 된다. 불교에서 추구하는 궁극의 진리는 인간이 겪는 번뇌와 윤회에서 벗어나 깨달음과 열반에 도달하는 것이다. '번뇌즉보리'와 '생사즉열반'은 두 구절이 같은 의미로 해석되는데, '단일성(중도)'을 의미한다. 즉 이 말은 '번뇌와 깨달음은 서로 구별되는 것이 아니고 결론은 하나이며, 윤회와 열반도 서로 구별되는 것이 아니라 하나'라는 의미이다.

언뜻 보면 모순적으로 느껴지는 이 가르침의 이해를 돕고자 법륜 스님의 '행복의 길'이라는 설법 내용을 인용한다. 우리는 '윤회'의 의미를 '과거의 업보로 다시 태어나는 돌고 도는 굴레'로 알고 있다. 그러나 이 해석은 힌두교적 해석이라고 한다. 불교에서의 윤회란 고락(苦樂), 즉 괴로움과 즐거움이 되풀이되는 인간의 세속적 삶을 의미한다.

세상을 살다 보면 인간이 자기 마음대로 할 수 없는 한계가 있는데, 이때 윤회는 인간의 욕망에서 발생한다. 인간은 끊임없이 욕망하는 존재이기에 그것이 이루어지면 즐겁고, 이루어지지 않으면 괴로워지는 것이다. 그래서 중생의 관점에서 즐거움은 좋은 것, 고통은 나쁜 것과 같은 이분법적 사고를 하게 된다. 하지만 불교의 관점에서 보면 즐거움과 고통은 결국 하나다. 즐겁다는 것은 욕망에 빠져 있다는 말이므로 필연적으로 고통이 뒤따를 수밖에 없다. 불교에서의 행복이란 기쁜 상태가 아닌 괴로움이 없는 상태(해탈)를 말한다. 그래서 불교에서는 윤회의 '번뇌'인 자기 내면의 욕망을 관조하는 것이 바로 '보리(깨달음)'가 된다.

그리고 이러한 단일성이 바로 자아의 완성이라는 헤르만 헤세의 깨달음이 《싯다르타》에 담겨 있다. 싯다르타는 서사 진행 과정에서 계속 깨달음을 얻는데, 그것은 인생의 모든 과정이 고락의 윤회라는 것과 동시에 자아의 죽음은 다시 자아의 생으로 연결되고 서로 다른 자아가 구별되는 것이 아닌 모두 하나의 자아라는 깨달음이었다. 자신을 둘러싼 세상사의 이치와 자기완성의 이치를 깨달은 싯다르타는 그제야 진정으로 완성된 '나'가 된다.

《싯다르타》를 이해하고자 하는 독자에게 헤세가 열반에 대해 전한 내용이 도움이 될 듯하다. 《싯다르타》는 열반이 무엇인지를 규정하려는 이분법적 사고에서 벗어나 '완전한 전체'를 이룬다는 의미가 무엇인지 고민하게 한다.

> 불교에서는 열반이 무엇이라고 정의 내리지 않는다. 부처는 신자들에게 열반에 이르는 것이 끝인지 시작인지, 또 긍정인지 부정인지, 신과의 만남인지 스스로의 인식인지, 그 어떤 것으로도 규정짓지 않았으며 부처 스스로도 그것을 거부했다.

> 나 역시도 열반이 무엇인지를 다투는 것이 무의미하다고 여긴다. 그러나 나의 열반이 무엇인가를 말한다면, 그것은 개개인이 그만의 완전한 전체로 돌아가, 개체화를 뛰어넘는 구원에 도달하는 것. 즉 자신의 영혼이 만물의 신에게로 돌아가는 것이다.
>
> – 헤르만 헤세, 《삶을 견디는 기쁨》 중에서

② 자아 완성의 구도 과정은 어떻게 이루어지는가?

싯다르타는 다른 사람이 규정할 수 없는 완전한 '나'란 무엇이며, 그것을 어떻게 찾을 수 있는가를 보여준다. 먼저 싯다르타는 다른 사람으로부터 가르침을 얻으려고 애를 쓰다가 결국 타인의 가르침으로는 자아를 찾을 수 없다는 깨달음을 얻게 된다. 왜냐하면 그 어떤 훌륭한 가르침도 결국 자기 밖에 있는 소리이기 때문이다.

> "위대한 세존이시여. 제가 당신을 쫓아 당신의 진리를 본받는다면, 당신을 향한 존경과 애정, 부처의 교리를 저의 자아로 받아들인다면, 그것은 자아라는 껍데기를 두른 거짓된 해탈과 깨달음일 것입니다. 실제 진실한 저의 자아는 계속 살아, 점점 커질 것을 알기에 두렵습니다."

그리하여 '다른 사람은 알려줄 수 없는 나를 어떻게 찾아야 하는가?'라는 질문에 싯다르타가 내린 답은 현재 존재하는 나의 내면의 소리에 항상 귀를 기울여야 한다는 것이다. 나는 자신에 대해 가장 궁금해하지만, 정작 내면의 소리는 들으려 하지 않아서 역설적으로 가장 자신을 알지 못하는 존재이다. 그래서 상대방을 알고자 할 때 상대에게 질문을 던지고 그 대답을 귀 기울여 듣는 것처럼, 나 스스로에게도 마찬가지로 묻고 들어야 한다.

진실로, 이 세상에 존재하는 나라는 존재, 살아 숨 쉬고 있는 현존인 나라는 수수께끼, 다른 모든 것들과 다른 오로지 하나뿐인 나라는 이 수수께끼. 싯다르타가 누구인가라는 풀리지 않는 의문점만큼 나를 몰두하게 한 질문은 없었다. 그러나 정작 나는 이 세상 어떤 것보다 나 스스로에 대해 가장 모르고 있지 않은가!

그런데 내면의 소리를 듣는다는 것은 혼자 골똘히 사변하라는 의미가 아니다. 사변으로는 진정한 나를 찾을 수 없다. 나를 찾기 위해서는 나의 내면의 소리를 따라 그것을 실행하고 체험해 보는 체득 과정, 즉 경험이 반드시 필요하다.

지금까지의 체험이 자신에게 하나의 깨달음을 주었다. 사실 그것은 싯다르타가 오래전부터 알고 있던 내용이었다. 내 안의 '나'가 바로 아트만이며, 그것이 곧 영원한 본질 바라문이라는 것이었다. 즉, 우주 만물의 진리가 곧 나라는 사실이었다. 그러나 지금까지 싯다르타는 나라는 진리를 사색으로 찾으려 했기 때문에 실제 자기를 절대 발견할 수 없었던 것이었다.

그렇다면, 경험으로 무엇을 깨달을 수 있는가? 내가 규정하는 나로부터의 탈피다. 나라고 알고 있던 나, 내가 아니라고 부정했던 나, 그 모든 나를 향한 스스로의 규정에서 벗어나는 것이다. 싯다르타는 탐욕스러운 자신을 부정했지만, 부정했던 나를 인정하는 순간 새로운 자아의 탄생을 처음으로 느낀다. 또한 자신을 남들과는 다르다고 여기던 싯타르타는 아들에 대한 집착을 경험함으로써 자신도 결국 똑같은 존재임을 인정했을 때, 죽음과 동시에 새로운 생을 맞이한다.

바로 자기 내면에 자만으로 가득했던 내가 죽은 것이 아닐까? 이곳 숲속의 강가에 도달한 오늘에서야 마침내 죽게 된 것은 바로 그 자아가 아닐까? 그래서 지금 나 싯다르타가 이토록 확신에 넘치고 아무 두려움도 느끼지 않으며, 환희와 감격의 순간을 맞게 된 것이 바로 그 죽음 때문이 아닐까?

그래서 구도의 결과는 무엇인가? 바로 '모든 중생이 부처'라는 것이다. 이 말은 단순히 불교 교리를 넘어 자아 완성이란 그 누구도 아닌 나 스스로만 찾을 수 있으며, 그 답은 나에게 이미 완성되어 자신 안에 존재하고 있다는 뜻이다.

"죄인의 마음속에 이미 미래의 부처는 완성되어 있다네. 그 죄인의 미래라는 것은 이미 현존하는 지금 이 순간에 모두 존재하고 있어. 자네는 모든 중생 개개인의 마음속에 자리 잡고 있는 완성된 부처를, 이미 존재하는 가능성을, 숨어 있는 부처를 알아차려야 하네. 고빈다, 이 세계는 불완전한 것도, 완성을 향해 발전하는 것도 아니야. 이 세계는 이미 모든 순간에 완성된 그 자체이며, (중략) 모든 사람에게 이미 내면에 영원한 생명력이 깃들어 있어. 그렇기에 아무도 타인의 삶에 대해서 그가 어디에 이르렀으며, 어디로 향하고 있는지 왈가왈부할 자격은 없네."

③ '강'의 상징적 의미

싯다르타는 정신적 가치를 잃고 타락에 빠진 자신을 혐오해 스스로 목숨을 끊으려 한다. 그런데 그 순간 옴을 외며 깨달음을 얻고 새로 태어난 존재가 된다. 이 깨달음이란 과거의 사문 싯다르타와 현재의 탐욕자 싯다르타가 변해버린 다른 존재가 아니라 하나라는 것, 그리고 사문 정신이 죽었다고 좌절했으나 깨닫고 보니 진짜 죽은 것은 자신의 탐욕이었다는 것이다. 이러한 싯다르타의 깨달음은 다음 인용한 강으로부터의 배움과 연결되며 그 의미가 완성된다. 따라서 주제 의식이 담긴 강의 상징적 의미와 싯다르타의 경험이 갖는 의미를 연결해서 이해하는 것이 중요하다.

강이 알고 있는 수많은 비밀 중에서 오직 하나만을 배웠을 뿐인데, 그 비밀이 그의 영혼을 뒤흔들었다. 그가 알게 된 비밀이란 바로 강물은 끊임없이 흘러가 버리는 동시에 언제나 같은 곳에 존재하며, 변하지 않는 영원한 존재인 동시에 항상 새로워진다는 것이다.

먼저 '강'은 '전일성'을 상징하는 자연물이다. 전일성이란 모든 것이 하나로 연결되어 있다는 뜻이다. 위에서 인용한 내용을 풀어 보면, 강이란 끊임없이 흘러가는 특징으로 인해 한 공간에서 바라본 강일지라도 어제의 강과 오늘의 강은 같지 않고 새로운 존재가 된다. 그러나 동시에 강은 끊어지지 않고 이어져 흐르기 때문에 항상 같은 존재이기도 하다. 항상 새로운 존재이면서 동시에 같은 강, 그래서 강은 그 자체가 '전일성'을 의미한다. 이는 서로 다른 존재라고 여겼던 사문의 싯다르타와 탐욕의 싯다르타가 결국 같은 존재였다는 깨달음과 연결된다. 이러한 깨달음을 얻은 싯다르타는 이에 대해 바주데바와 이야기한다.

"당신도" 싯다르타가 그에게 말을 건넸다. "바주데바, 당신도 시간이란 개념은 사실 세상에 존재하지 않는다는 진실을 강물을 통해 배웠습니까?" 이 말을 들은 바주데바의 얼굴에 미소가 번졌다.

"맞아요, 싯다르타." 그가 말했다. "당신이 배운 것이란 강물은 세상 어디에나 동시에 존재한다. 폭포, 나루터, 시냇물, 바다, 산, 우리의 주변에 어디에나 동시적으로 존재하는 강에게는 현재만이 유일할 뿐, 과거라는 것도, 미래라는 것도 존재하지 않는다. 이것이지요?"

싯다르타가 말했다. "그것을 배움으로써 나는 인생의 의미를 새롭게 인식하게 되었습니다. 과거의 싯다르타와 지금의 싯다르타, 미래의 싯다르타를 구별 짓는 것은 자신의 개념 속에만 존재할 뿐, 실제 현실에서 분리되어 있는 것이 아니라는 것입니다. 싯다르타의 전생을 과거로 여기고 싯다르타가 죽는 것을 미래로 구별 짓는 것은 아무 의미가 없습니다. 현존한다는 것만이 모든 것의 진리이자, 모든 본질은 현재에 이미 존재하고 있습니다."

그런데 일반적인 관점에서 싯다르타와 바주데바의 대화 속에 등장하는 '존재하지 않는 시간'과 앞서 말한 강의 전일성이 어떻게 연결되며, 그 의미가 무엇인지 쉽사리 이해하기 어렵다. 이를 이해하기 위해서는 전일성과 함께, 또 다른 불교 용어 '연기(緣起)'의 개념을 이해해야 한다. 연기란 세상의 모든 현상이 원인과 결과, 즉 인과관계로 이어져 있기 때문에 이러한 상호 관계를 벗어나 독립적이고 불변하는 존재는 없다는 말이다. 그래서 연기는 모든 것이 하나라는 '전일성'과 그 개념이 연결된다. 이 맥락에서 볼 때 어떤 존재를 '과거-현재-미래'라는 시간의 흐름으로 개별적으로 구분하는 행위 자체가 무의미해진다. 모든 존재는 시간으로 분리될 수 없는 하나일 뿐이며, 서로가 인과관계로 연결되어 있기 때문이다.

위와 같은 불교적 사상을 싯다르타의 경험과 연결해서 좀 더 자세히 설명하면 다음과 같다. 싯다르타는 자신이 속세로 넘어오면서 고귀한 정신을 가진 사문일 때는 몰랐던 탐욕에 빠져 타락한 존재가 되었다고 여긴다. 이때까지 싯다르타는 과거의 나와 현재의 나는 분리된 다른 존재이며, 현재의 나는 소중한 정신을 잃어버린 것으로 생각한다.

그런데 스스로 목숨을 끊으려던 그 순간, 싯다르타는 정신이 죽은 것이 아니라 내면으로부터 존재했던 탐욕이 드디어 죽은 것임을 깨닫게 된다. 쉽게 이해하기 어려운 이 말은 연기 사상을 통해 해석해 볼 수 있다. 탐욕은 속세라는 환경 때문에 생긴 것이 아니라 속세 이전에 이미 싯다르타의 내면에 존재하고 있었다. 그 탐욕이 원인이 되어 싯다르타는 반대편의 정신과 금욕을 그토록 추구했던 것이었다. 일종의 심리학의 '반동형성'과 유사한 것인데, "미운 놈 떡 하나 더 준다."라는 옛말처럼 마음에 무엇인가 숨기고 싶은 게 있으면 그 반대의 행동으로 표출한다는 것이다.

싯다르타 역시 내면의 탐욕을 부정하고 싶었기에 이와 반대의 정신을 추구하고, 부정하면 할수록 더 커지는 탐욕 때문에 고행의 끝은 항상 실패로 돌아갈 수밖에 없었다. 알아차리지 못한 자신의 탐욕이 원인이 되어 정신의 추구라는 결과를 가져오고, 다시 이것이 원인으로 작용하여 싯다르타는 탐욕의 끝에 도달할 수밖에 없던 것이다. 자신을 한탄하던 싯다르타는 먼 길로 우회해서 돌아왔을 뿐 결국 그 길(속세로 떠나 탐욕으로 빠진 길)이 바른길이라는 것을 인정한다. 자신을 과거와 현재로 구별하던 사고가 얼마나 덧없는가를 깨달은 싯다르타는 흐르는 강처럼 '나'라는 것은 끊임없이 변하지만 결국은 그 모든 나의 것들이 원인과 결과가 되어 하나로 이어져 있음을 알게 된다. 정리하자면 과거에 대한 집착도, 미래에 대한 예측도 아닌 그저 현존하는 완전한 존재로서의 나의 내면 상태를 알아차리는 것만이 자아 완성의 길인 것이다.

끝으로 싯다르타가 상인 카마스와미에게 한 대화를 인용하며 마무리하고자 한다. 연기의 뜻을 내포하고 있는, 짧지만 심오한 싯다르타의 말은 인생을 살아가면서 '나'로서, '사람'으로서 어떤 삶의 자세를 가지고 살아가야 하는가를 되돌아보게 한다.

> "세상살이가 겉으로는 제각각 따로 돌아가는 것처럼 보여도, 실은 누구나 서로 주고받으며 산다는 것. 이것이야말로 인생의 본질 아니겠습니까?"

황야의 이리

Der Steppenwolf, 1927

《황야의 이리》(1927)는 헤르만 헤세의 작품 중에서도 내용과 형식 면에서 가장 대담하고 실험적인 작품으로 여겨진다. 다른 부연 설명보다도 헤세가《황야의 이리》에 대해 직접 언급한 내용이 작품 감상에 길잡이가 될 듯하다.

> "나는 독자들에게 내 작품을 어떻게 이해하라고 정해주고 싶지 않고, 그렇게 할 수도 없다. 작품을 통해 각자 자기에게 맞는 적절한 도움이 있기를 바랄 뿐이다. 그렇지만 만약 독자들이《황야의 이리》가 병적인 것과 위기를 묘사하고 있음에도 그 끝이 죽음이나 몰락으로 향하지 않고, 그 반대로 치유에 이르고 있음을 알아차려 준다면 매우 기쁠 것이다."

1. 줄거리와 등장인물

① 줄거리

48세의 중년 하리 할러는 인간 사회에 사는 별종 이리 인간이다. 전쟁과 정치적 혼란, 소비와 대중문화로 물들어 있는 시민사회에서 이방인 하리는 스스로를 '황야의 이리'라고 칭하며 시민사회를 경멸하는 이리인 동시에 고독감을 느끼는 인간적인 존재로 살아간다. 인간과 이리 사이의 끊임 없는 내적 갈등으로 하리는 자기 혐오감에 빠져, 술과 약물에 의지하며 자살을 꿈꾼다.

평소처럼 혼자 정신적 혼란을 곱씹을 조용한 술집을 찾던 하리는 구시가지의 오래된 담벼락에서 처음 보는 문과 이상한 표식을 발견한다. 그 표식에는 '마술 극장, 아무나 들어올 수 없음. 미친 사람만 입장 가능.'이라는 문구가 쓰여 있었다. 평소 자신을 평범한 사람들과 다른 미친 존재로 여기던 하리는 그 문구에 꽂혀 마술 극장 안으로 들어가려 하지만, 문이 열리지 않아 실패한다. 그러나 이 공간에 강한 끌림을 느낀 하리는 술을 마시고 집으로 돌아오는 길에 다시 마술 극장을 찾아가고, 그곳에서 마술 극장을 홍보하는 한 남자를 만나 《황야의 이리론》이라는 작은 책자를 받아 돌아온다.

《황야의 이리론》에는 하리와 같이 내면의 이중성으로 고통받는 별종들에 대한 해석과 갈등 해결의 실마리가 들어 있었다. 하리는 자신의 고통을 들여다본 듯 묘사한 그 책에 끌리지만, 동시에 복잡한 자신의 내면과 고통을 단순화해 버리는 데 거부감을 느낀다. 자살 기도의 경험과 자신만이 느낄 수 있는 삶의 고통을 곱씹던 하리는《황야의 이리론》보다는 미친 사람만 입장 가능하다는 마술 극장에 들어가 보고 싶은 욕망에 휩싸인다. 마술 극장을 찾아 거리를 헤매던 하리는 마술 극장은 찾지 못하고 마주치고 싶지 않던 젊은 교수와 재회한다. 이 젊은 교수는 하리를 자신의 집으로 초대하고, 하리는 이에 응하고 싶지 않았으나 마음속의 '인간' 하리로 인해 억지로 초청에 응하고 만다.

그러나 젊은 교수의 집에서 하리는 상업적 목적으로 그려진 괴테의 초상화와 교수의 전쟁 옹호 발언에 '이리'로서 참을 수 있는 인내의 극에 달하고 만다. 결국 하리는 젊은 교수에게 맹비난을 퍼붓고 뛰쳐나와 인간 실패자인 자신을 자책하고 그날 밤 자살을 결심한다.

그러나 결심과는 달리 하리는 죽음에 대한 두려움을 느껴 자살에 실패하고, '검은 독수리'라는 술집으로 도피성 회피를 한다. 그리고 그곳에서 젊고 아름다운 창녀 헤르미네를 만난다. 헤르미네는 죽으려던 하리의 상태를 꿰뚫어 보고 자신으로부터 살아가는 법과 춤을 배우라고 명령한다. 자신을 이해하는 헤르미네에게 강하게 끌린 하리는 그녀의 명령에 따를 것을 약속하고, 그녀를 통해 자기 안에 삶의 욕구가 끓어오름을 느낀다.

헤르미네와 함께 최신 노래에 맞춰 춤을 연습하던 하리는 어느 순간 자신이 그토록 경멸하는 경박한 시민 세계에 들어와 있음을 깨닫고 놀라움과 부끄러움을 느낀다. 그러나 이러한 부끄러움에도 점차 춤추기에 익숙해지며 흥미를 느낀 하리는 마침내 공개된 무도회 장소에서 젊고 아름다운 마리아와 춤을 추게 된다. 그 경험으로 하리는 춤과 마리아가 가진 사랑스러운 매력에 빠지며, 이와 함께 헤르미네가 실은 자신과 너무 닮은 존재라고 느끼게 된다.

하리는 춤이라는 새로운 경험으로 이전과 달라진 자신을 느낀다. 자기 안에 있는 다양한 모습을 인정하게 된 것이다. 그러나 이런 변화에도 하리가 버릴 수 없는 경건주의적 이상과 세상에 대한 혐오로 그는 다시 죽음을 동경하며 좌절한다. 그때 헤르미네는 마리아를 그의 집으로 보내고, 마리아와 동침한 하리는 감각적인 관능과 사랑에 대한 새로운 통찰을 얻어 처음으로 행복감을 맛본다. 그러나 이러한 사랑의 행복에도 하리는 이것이 진정한 구원이 아니며, 언젠가 그 끝을 경험할 것임을 짐작한다.

이런 하리를 간파한 헤르미네는 자신도 그와 같이 영원한 구원을 추구하는 존재이며, 그것이 무엇인지는 함께 가기로 한 가면무도회 날에 알 수 있게 된다고 알려준다. 약속한 날이 되어 무도회장에 찾아간 하리는 헤르미네를 찾아 헤매다 그런 자신의 모습에 혐오감을 느껴 포기하려 한다. 그 순간, 하리는 그토록 가고 싶어 했던 마술 극장의 초대장을 받게 된다. 초대장에는 '지옥'에 헤르미네가 있으며, 마술 극장에 들어오기 위해서는 이성을 지불하라는 메시지가 담겨 있었다. 이를 읽은 하리는 '지옥'이라는 무도회장 공간으로 들어가고, 그곳에서 남장한 헤르미네를 만나게 된다. 하리는 그제야 그녀에게 사랑의 감정을 느끼고, 그가 찾던 사랑의 대상이 헤르미네임을 깨닫는다.

이때, 둘 앞에 악기 연주자 파블로가 나타나 마술 극장 안으로 둘을 초대한다. 그는 마술 극장은 가상 세계이니 현실의 이성(理性)을 벗어던지고 자유롭게 진정한 개성을 체험하라고 조언한다. 환상의 공간에서 이성적 사고로는 설명할 수 없는 온갖 신기한 경험을 한 하리는 파블로와 함께 누워 있는 헤르미네를 발견한다. 하리는 극도의 질투심을 느껴 그녀를 칼로 찔러 죽이고 만다. 살인을 저지른 하리에게 파블로는 유머가 없다는 죄목으로 처형의 벌을 내리고, 이 경험을 통해 하리는 인생의 유희가 무엇인지, 자신이 앞으로 어떤 삶을 살아가야 하는지를 어렴풋이 깨닫는다.

② 등장인물

하리 할러

하리 할러는 고귀한 이상과 정신적 가치를 추구하는 사색가이자 이상주의자다. 이런 하리의 눈에 현실은 그저 탐욕으로 가득한 세계이다. 이런 세계에서 하리는 헛된 꿈을 좇는 어리석은 돈키호테일 뿐이다. 그래서 본능적이고 순수한 존재 '이리' 하리는 기만적인 인간 세태를 극도로 혐오한다.

하지만 세상은 혐오스러운 모습과 동시에 절제와 정돈, 청결, 인간적인 교류가 존재하는 공간이기도 하다. 그래서 '인간' 하리는 자신에게는 없는 이러한 시민의 모습을 동경하면서 자신의 처지에 외로움과 고독함을 느낀다. 하리는 양극단의 두 자아 사이에서 세상뿐만 아니라 스스로를 혐오하며 불행한 삶을 살고 있다.

나 하리 할러가 길에서 갑자기 만난 성실하고 예의 있고 상냥한 사내의 기분 좋은 인사치레를 들으며 그의 사람 좋은 얼굴에 웃음으로 화답하는 동안에도, 또 다른 하리는 바로 옆에서 인상을 찌푸리고 서서 이렇게 생각하는 것이다. '내가 얼마나 남을 속이고 어긋나 버린 별난 존재인가. 이 분 전까지만 해도 저주스러운 세상을 향해 욕을 하고 분노를 표출하던 내가, 이제는 존경할 만한 사람이 예의상 건네는 인사말에 감격하여 열심히 '네', '아멘'을 읊조리며, 하찮은 친밀감의 표시와 우정에 빠져 돼지 새끼처럼 몸을 놀리는구나.'라고.

시민 입장에서 볼 때, 끝날 줄 모르는 나의 인생의 좌절은 하나의 계속되는 몰락이었고, 평균적인 것, 허락된 것, 건강한 것에서 점점 벗어나는 것이었다. 나는 몇 년 사이에 직장도, 가족도, 고향도 모두 잃고 모든 공동체 밖에 혼자 존재하며 그 누구에게도 사랑받지 못한 채 다른 이의 의심의 눈초리를 견디며 늘 여론이나 양심과 처절한 갈등을 겪었다. 아직 시민의 테두리 안에 있던 때에도 나는 그 한복판에서도 정서와 정신에 있어 이미 이방인이었다.

헤르미네

젊은 여인 헤르미네는 하리가 겪는 정신적 고통을 온전히 이해하고, 삶을 살아가는 방법과 즐거움을 알려준다. 평범한 삶의 가치와 행복을 몰랐던 하리는 헤르미네로부터 춤과 사랑을 배우면서 자신이 부정했던 것들을 새롭게 받아들이게 된다.

'검은 독수리'에서 춤을 추던 그 아담하고 귀여우며 이름 모를 소녀가 나에게 그토록 소중한 존재가 된 것이 바로 '살 수 없음'과 '죽을 수 없음' 사이에 놓인, 이 버틸 수 없는 고통이라는 것을 나는 알고 있었다. (중략) 그녀는 내게 구원이자 자유였다. 이제 나는 그녀로부터 사는 법을 배우거나, 죽는 법을 배워야만 한다.

"당신의 싸움이 아무런 성취를 얻지 못할 것이라고 당신이 여긴다고 해도, 당신의 삶은 보잘것없어지거나 무의미해지지 않아요. 하리, 당신이 어떤 가치 있는 꿈을 위해 투쟁하고, 그것이 반드시 이루어진다고 여긴다면, 그것이야말로 천박한 생각이에요. 도대체 이상이란 것은 이루어질 때만 가치 있는 것인가요? 도대체 우리 인간은 죽음에서 도망치기 위해 사는 건가요? 아니에요. 우리는 죽음을 두려워하고 그다음 다시 죽음을 사랑하기 위해 사는 거예요."

파블로

헤르미네와 친분이 있는 색소폰 연주자 파블로는 하리와 여러 면에서 대조되는 인물이다. 하리는 첫눈에 그가 자신과는 다른 종류의 인간임을 파악했고, 그에게 일종의 질투심을 느낀다. 늙고 진지하고 사색에 빠진 하리에게 파블로란, 그저 한없이 경솔하며 나이와 미모로 여자들을 유혹하는 경멸스러운 존재일 뿐이었다.

그러나 파블로에 대한 하리의 관점은 소설 진행 과정에서 점점 변하게 되고, 파블로에게는 하리가 갖지 못한 삶의 중요한 지혜가 있음이 드러난다. 파블로는 삶을 즐길 줄 아는 유희의 지혜를 상징하는 인물이다. 그래서 파블로는 소설에서 항상 자기 삶에 열정과 즐거움을 가진 유머러스한 인물로 표현된다.

> 고백하자면, 그를 처음 본 순간부터 나는 그가 전혀 맘에 들지 않았다. 그는 잘생겼고, 건장한 청년이었다. 그것은 부정할 수 없는 사실이었다. 그러나 그것밖에는 그에게서 좋은 점을 발견하지 못했다. 그가 다양한 외국어를 할 줄 안다는 것마저 그를 경솔하게 보이게 할 뿐이었다.

> 파블로는 그날 대화를 마치고 그녀에게 나에 대한 자신의 생각을 이렇게 전했다. "너는 이 사내를 대할 때 조심해야 할 거야. 그는 무척 불행해 보이거든." 그래서 그녀가 왜 그렇게 생각하느냐고 묻자, 그

는 이렇게 대답했다고 한다. "그의 눈을 좀 바라봐! 그에겐 웃음이라곤 없어! 그가 정말 불쌍해!"

"당신의 의견은 존중합니다. 그러나 나는 음악가이지 학자가 아닙니다. 나에게 있어 음악에서 옳고 그름을 따진다는 것은 조금도 중요한 문제가 아닙니다. 음악에서는 옳은 판단, 취향, 교양 따위는 모두 별 의미가 없는 것들입니다. 음악을 한다는 그 자체가 중요한 겁니다. 할러 씨, 온 마음과 정성을 다해 그저 음악을 행한다는 바로 그것이 중요한 것이라고요. (중략) 이 쉬미곡은 훌륭하건 그렇지 않건 상관없이 듣는 이를 흥겹게 해줍니다. 그것은 사람들의 흥을 돋우고 심장을 관통하는 것이지요. 중요한 건 바로 이 점입니다."

마리아

마리아는 젊고 아름다운 창녀로, 그녀의 관능적인 아름다움은 첫눈에 하리를 사로잡는다. 젊은 여인과 나이 든 남자의 육체적 사랑, 창녀라는 그녀의 직업이 이 둘의 사랑을 파격적인 타락, 육체적인 쾌락으로 느껴지게 하는 요인일 수 있지만, 이들의 사랑은 그렇게 가벼운 의미가 아니다. 마리아와 하리의 사랑은 본능적인 순수함을 보여준다. 마리아와의 사랑을 통해서 하리는 그동안의 자신의 사랑을 돌아본다.

마리아를 사랑하게 되면서 하리는 지금까지 자신이 애써 부정했던 자기 내면과 세계에 존재하는 본능적 욕망, 그리고 감각의 가치를 인정하고 자연스러운 것으로 받아들인다. 신성하고 고귀한 것은 긍정적인 것이고 추악한 것은 부정적인 것이라는 이분법적 세계관에서 벗어난 그는 인생의 행복을 비로소 알게 된다.

> 마리아로부터 나는 많은 것을 배웠다. 그것은 단지 관능이 주는 쾌락이나 기쁨만은 아니었다. 그녀를 알기 전엔 몰랐던 새로운 세상, 관점, 사랑 그 모든 것을 그녀를 통해 배웠다. 은둔하는 탐미가인 나에게 천박하게 여겨져 금지의 장소였던 무도회장, 오락장, 영화관, 호텔 카페와 바의 세계는 마리아와 헤르미네를 비롯한 그들의 동료에게는 세상 그 자체였다. 그들에게 그 세상은 좋고 나쁨을 가를 것 없는, 욕망하거나 꺼릴 것도 아닌, 그저 살아가는 세상 자체일 뿐이었다.

2. 《황야의 이리》의 구조적 특징

앞서 줄거리에서는 하리 할러의 수기 부분만 정리했으나, 실제 소설에서는 편집자의 서문이 먼저 등장한다. 소설은 편집자의 서문으로 시작해서 하리의 수기, 그리고 다시 하리의 수기 안에 《황야의 이리론》 내용이 담긴 삼단 구조를 취하고 있다. 이러한 삼단 구조는 소설의 내용과 긴밀한 연관성을 가진다.

먼저 서문에는 주인공 하리가 머물렀던 주인댁 조카가 서술자로 등장하여 하리에 대한 이야기를 전달한다. 여기에는 하리가 떠나면서 남긴 그의 수기를 세상에 전달하려는 목적과 '시민'의 시각에서 본 하리의 모습이 설명되어 있다. 헤르만 헤세는 의도적으로 구성해 놓은 가상의 편집자를 통해 '평범한 시민' 독자인 우리가 '미친 사람만 볼 것'이라는 부제가 붙은 하리의 수기에 접근할 수 있도록 내적 준비를 돕는다.

여기서는 두 가지 주목할 만한 내용이 있다. 첫째, 앞으로 전개될 내용이 일반적인 관점에서 다소 받아들이기 어려운 내용이겠지만, 이것이 황당무계한 거짓이 아니라 어디까지나 '자기'를 탐구하는 진실한 정신적 과정이라는 점이다. 둘째, 하리의 내적 갈등은 개인적 차원의 문제가 아니라 시대적 차원에서 발생하는 문제이며, 이러한 문제 제기는 인간 존재의 근원과 연결되어 있다는 점이다.

하리가 남긴 원고 속 체험들을 현실 원리에 비추어 해석해 보는 건 내게 불가능한 일이었다. 나는 그 이야기 대부분을 하리가 창작해 냈다고 믿고 있다. 그렇다고 해서 그것을 단지 허무맹랑한 이야기로 치부해 버린다는 뜻은 아니고, 다만 깊이 체험된 정신적인 과정을 표면의 사건으로 포장하여 나타내려고 한 시도라는 의미에서 한 말이다.

"인간의 삶이 진정 고통과 지옥에 빠지는 건 시대, 문화, 종교에 있어

두 가지가 서로 교차할 때뿐입니다. 지금은 한 세대 전체가 이러한 두 시대, 두 생활 양식의 교차에 놓여, 어떠한 명백한 이치도, 도덕도, 어떠한 깨끗함과 평온함도 잃게 되어버린 시대입니다. 물론 누구나 이것을 같은 크기로 느끼는 건 아닙니다. 예를 들면 니체 같은 사람은 지금의 고통을 이미 한 세대 이상 앞서 체험했겠지요." (중략) 삶이 가지는 모든 고뇌를 자신의 개인적인 고통과 지옥으로 승화시켜 경험하는 것—이것이 그의 정해진 운명이었다. 내가 생각하기에 그의 수기가 우리에게 전하는 중요한 의미는 바로 이 부분에 있다.

3. 영원한 구원으로 가는 길

인간이 사랑에 빠질 때, 자신과 반대 성향을 띤 대상에게 끌리는 경우가 있다. 이를 심리학적으로 해석하면 인간은 원래 남성성과 여성성을 모두 가지고 있지만 성장하면서 사회에서 요구되는 성 역할과 특징을 의식하게 되고, 이와 반대의 성 역할과 특징은 무의식에 억압한다. 따라서 사랑에 빠지는 것은 상대 그 자체라기보다는 숨겨놓은 무의식의 투영으로 볼 수 있다.

소설에서 하리가 헤르미네에게 느끼는 감정도 이와 비슷하다. 분명히 헤르미네는 자신과 정반대의 사람인데, 또 너무도 닮았다. 자신보다 자신을 더 잘 알고 있으며, 자신과 같은 이상을 꿈꾼다.

《황야의 이리》를 깊이 있게 이해하기 위해서는 이 헤르미네가 어떤 존재인지를 아는 것이 중요하다.

늙고 무뚝뚝하고 재미없는 사색가 하리와 젊고 아름답고 유쾌한 창녀 헤르미네는 겉으로는 어울리지 않는 묘한 관계이다. 이 둘의 관계는 일반적인 남녀의 사랑으로만 보기는 어렵다. 관능적 아름다움을 가진 마리아가 육체적 사랑의 대상이라면, 헤르미네는 정신적 사랑과 합일의 대상이다.

그녀는 내 동지이자 가족이었고, 나와 같은 부류의 사람이었다. 그녀는 나와 비슷했고, 내 젊은 시절의 벗인 헤르만과 너무도 흡사했다. 몽상가이자 시인인, 내 정신적 성장과 방탕을 함께한 헤르만과 너무도 유사한 것이었다.

"네가 갑자기 남자처럼 느껴지고, 내가 네 이름을 알아맞히리란 걸 어떻게 예측했지?"

"그건 내가 아니라 당신이 알아낸 거예요. 스스로 그걸 느끼지 못하세요? 내가 당신의 눈에 들어오고 당신에게 중요해진 건, 나에게서 당신을 발견했기 때문이에요. 내 안에 당신을 보듬어줄 수 있는 당신이 찾는 답이 숨겨져 있답니다. 원래 사람이란 서로가 상대를 비추는 거울 같은 관계여서, 서로를 통해 답을 찾고 서로가 조응하게 되죠."

그랬다. 그녀의 얼굴을 살펴보니 그녀의 말이 맞았다. 그녀의 얼굴에서 소년의 얼굴이 보였다. (중략) 그녀의 얼굴은 나의 소년 시절이 떠올리게 했고, 당시의 내 벗을 떠올리게 했다. 그 친구의 이름은 헤르만이었다. 그 순간에 그녀가 완전히 그처럼 느껴졌다.

또한 위의 인용에서 볼 수 있듯 헤르미네는 여성임에도 남성의 모습으로 느껴지며, 하리가 헤르미네에 대한 사랑의 깊이와 의미를 깨닫는 순간은 바로 남장을 한 헤르미네를 알아보았을 때다. 도대체 하리와 너무나 닮은 존재이면서 동시에 여자이자 남자인 것처럼 묘사되는 헤르미네를 어떻게 해석해야 하는가? 이를 위해서는 첫 부분에 언급한 무의식으로 돌아가야 한다.

칼 융에 따르면 삶과 죽음은 하나로 연결되어 있어서 죽음에 대한 갈망이 큰 사람일수록 실은 삶에 대한 열망이 강한 것으로 해석한다. 이와 같은 맥락으로 의식과 무의식도 하나로 연결되어 있어 의식적인 부분이 크면 클수록 숨겨놓은 무의식이 그림자처럼 짙어진다. 그래서 의식적인 자아가 강할수록 자신의 무의식을 직면하고 받아들이는 것이 힘들어진다. 하지만 자기실현을 위해서는 반드시 이 무의식을 직면하고 의식과 통합을 이루어야 한다.

그림자는 개인이 악으로 여겨 부정하고 억압하는 무의식이다. 그리고 그림자를 넘어 더 심층에는 집단 무의식이 존재한다. 집단 무의식은 아니마와 아니무스가 있는데, 남성 내부에 억압된 여성성이 아니마이고 여성 내부에 억압된 남성성이 아니무스이다. 헤르미네는 바로 하리의 내면에 있는 아니마이다. 그래서 하리의 모든 고통과 경험과 깨달음의 종착지는 다름 아닌 헤르미네를 사랑하게 되는 것이며, 헤르미네와 함께 마술 극장에 들어가게 되는 것이다. 영원한 구원을 만날 수 있다는 마술 극장은 다름 아닌 자기(self)의 체험을 의미한다.

처음 마술 극장에 끌렸던 하리는 아직 자신의 무의식을 마주할 준비가 되지 않았기 때문에 아무리 안으로 들어가려 해도 들어갈 수가 없었다. 하지만 자신이 혐오하고 부정했던 세계와 스스로를 인정하고 받아들이게 되었을 때, 비로소 자신의 아니마 헤르미네를 진정으로 사랑하게 되고 그제야 그토록 들어가고 싶었던 마술 극장에 들어갈 수 있게 된 것이다. 마술 극장의 입장료가 '이성'인 것은 의식을 주관하는 '이성'을 내려놓고 의식에서 벗어나야 수많은 내면의 무의식을 경험할 수 있게 되기 때문이다.

종종 우리는 하리와 같이 외로움과 고독감에 빠져 사랑할 대상을 자기 밖에서 찾는다. 때로는 나와 정반대인 상대에게 무의식적으로 끌리기도 한다. 그러나 이것은 어쩌면 통합되지 못한 자기 안에서 타인이 아닌 자신을 사랑해 달라는 내면의 외침이 아닐까?

"당신이 꿈꾸는 저 다른 세계란 오직 당신 자신의 내면에만 존재합니다. 나는 당신 안에 있지 않은 그 어떤 것도 당신에게 줄 수 없습니다.

내가 당신에게 보여드릴 수 있는 건 오로지 당신 자신 영혼의 그림들뿐입니다. 당신은 내게서 기회와 자극, 열쇠 외에는 그 무엇도 얻을 수 없을 것입니다."

"나의 극장에는 관람실로 갈 수 있는 통로가 얼마든지 있습니다. 열 개, 백 개, 천 개도 됩니다. 어느 공간이든, 당신이 그리던 것이 문 뒤에서 당신을 기다리고 있습니다. 멋진 파노라마 상자랍니다. 그러나 하리 씨, 지금 당신과 같은 상태로는 아무리 돌아다녀도 소용이 없어요. 당신은 자신의 개성이라고 여겨왔던 것 때문에 현혹되고 방해받을 거예요. (중략) 그런 것들은 '개성'이라고 하는 것에서 벗어나고자 하는 당신의 소망에 지나지 않는다는 걸 당신도 이미 알고 계실 겁니다. 당신의 개성이라는 것이 당신을 옭아매고 있어요. (중략) 하리 씨, 당신의 소중한 개성을 잊어버리고 극장 왼쪽 어디든지 가도 좋습니다. 헤르미네는 오른쪽으로 가고. 관람실에서 얼마든지 만날 수 있어요."

4. 인간은 왜 자신의 '개성'을 찾는 데 어려움을 겪는가

우리가 타인을 보고 '저 사람 정말 개성 있다'라고 생각한다면, 이 말은 '남들과 다르다', '평범하지 않은 독특함이 있다'라는 뜻일 것이다. 그리고 이 말에는 우리가 일상에서 타인을 대할 때 이미 '평범', '평균'이라는 틀을 가치 기준으로 가지고 있다는 뜻이 내포되어 있다. 이러한 의미로 볼 때, 주인공 하리 할러는 개성을 넘어 마치 미치광이로 보인다.

더 나아가 미친 사람만 볼 수 있고 미친 사람만 입장할 수 있다는 부제의 내용 역시, 미치지 않은 평범한 독자에게는 읽는 내내 혼란스럽게 받아들여진다. '이리' 인간의 자아 분열은 평범한 독자의 눈에는 미치광이의 정신착란과 그로 인한 현실 부적응으로밖에 보이지 않는다.

그래서 하리를 어떻게 이해해야 할지 혼란스러울 독자를 위해 헤르만 헤세는《황야의 이리론》을 통해 소설 전체의 주제 의식을 보여주는 동시에 결말의 하리가 경험하는 환상 체험의 의미를 암시하고 있다. 그리고 더 나아가 독자가 '평범함'이라는 가면 속에 숨어 있는 '진짜' 나는 누구인가를 고민할 수 있도록 한다.

《황야의 이리론》을 이해하기 위해서는 '개성화'가 무엇인지를 이해하는 것이 중요한데, 이를 위해 칼 융의 분석심리학을 적용하고자 한다. 중년의 헤세는 두 번째 이혼 후 극심한 심리적 불안과 고통을 겪었고, 이로 인해 융의 제자인 랑 박사에게 심리 치료를 받았다. 그의 이러한 경험은《황야의 이리》 창작에도 반영되었다. 물론《황야의 이리》는 어디까지나 헤세 본인의 정신 치유 과정을 형상화한 그만의 답이므로 '분석심리학을 담은 내용이다'라고 단정 지을 수는 없다. 그러나 개성화 과정을 알고 작품 분석에 접근하면 소설에 담긴 정신적 과정을 더 잘 이해할 수 있게 된다.

먼저 융은 인간의 성격을 고정불변의 것이 아니라, 변화하고 성숙해지는 정신 에너지로 본다. 이 정신 에너지를 '의식'과 '무의식'의 영역으로 구별하며, 의식과 무의식은 또다시 각각 개인과 집단의 영역을 지닌다. 개성화 과정이란 진짜 자기를 찾는 과정을 의미한다. 지구가 타원 모양이며 지각, 맨틀, 외핵, 내핵으로 구성되어 있는 것처럼 인간의 정신 구조도 자아(ego), 그림자(개인 무의식), 집단 무의식, 자기(self)로 이루어져 있다. 그래서 진정한 개성은 자신의 제일 안쪽에 있는 자기를 찾아가는 과정이다. 그런데 인간은 왜 진정한 자신의 개성을 찾는 게 어려울까? 그것은 하리가 겪는 인간과 이리의 갈등을 탐구해 보면 알 수 있다.

《황야의 이리론》에서는 많은 걸 쉽게 배우는 천재는 아이러니하게도 일상의 평범한 만족을 배우지 못하는 존재라고 설명한다. 이런 불만족은 자신의 내면 안에 '이리'라는 존재를 인식하는 것에서 출발한다. 하리는 다른 사람에게 없는 '이리'의 존재가 자신에게는 있어 고통과 갈등을 겪는다고 생각하지만, 《황야의 이리론》에 따르면 이리의 존재 자체는 특별한 것이 아니다. 다른 이들에게도 개, 여우, 물고기, 뱀 등 갖가지 특징이 있다. 그러면서 유독 하리가 고통을 겪는 이유는 인간과 이리가 대립 관계에 놓여 있기 때문이라고 설명한다.

그는 그럴 수 없었다. 그는 불만족의 인간이었다. 그가 그 상태가 된 건 마음 깊은 곳에서부터 자신은 원래 인간이 아닌 황야의 이리라는 사실을 언제나 의식하고 있었기 때문이다. (중략) 다시 말해 황야의 이리는 운명적으로 두 개의 대립하는 본성을 함께 지니고 태어났다. 이런 운명은 그만 겪는 특별한 것은 아니었다. 다른 이들에게도 개나 여우, 물고기나 뱀과 같은 존재가 함께 살기도 하지만, 그들이 모두 그로 인해 불행하게 사는 것은 아니기 때문이다.

그 안의 인간과 이리는 서로 공존하지 못했고, 서로를 돕는 일은 결코 일어나지 않았다. 둘은 계속해서 원수로 지내며 서로를 공격했다. 하나의 영혼과 몸을 나눈 그 둘이 서로를 죽이려 든다면, 그것이야말로 불쌍한 인생일 것이다. 어쨌든 누구에게나 주어진 운명을 살아내는 일은 쉽지가 않다. (중략) 그가 이리였을 때 그 안에 숨어 있는 인간은 그를 평가하고 비판하고 헐뜯었으며, 반대로 그가 인간일 때에는 다른 쪽의 이리가 그와 똑같은 짓을 벌였다.

이리의 존재 때문에 갈등을 겪는 하리의 상태는 진정한 자아(ego)로 가는 첫 단추를 의미한다. 진짜 나를 만나기 위해서는 우리가 '나'라고 생각하지만 실은 내가 아닌 가면의 '페르소나'와 직면하고 조화를 이뤄야만 한다. 하지만 이 길은 고독하고 외로운 고통의 길이다. 집단의식인 '페르소나'는 가면을 의미하는데, 이는 사회적 존재인 인간에게 요구되는 일종의 집단의 역할과 규범이다. 그래서 남들의 요구와 기준, 주어진 역할과 의무감에만 매달려 살아갈 때, 인간은 진짜 나를 잃어버려 공허함과 불안을 느끼게 된다.

그래서 하리 내면의 '이리'는 그만의 유별난 특수성이 아니라 본연의 진짜 자아를 상징한다. 본연의 자아는 사회적 측면에서 본다면 억압하고 금지해야 할 대상으로 여겨질 수 있지만, 사실 인간은 누구나 내면에 남들의 시선이 두려워 애써 숨겨놓은 내가 있다. 그 진짜 나는 겉으로 보면 거친 야생의 본능처럼 보일지도 모른다. 그러나 그 존재야말로 나라는 사람의 진실한 이상과 순수한 본능을 담고 있다.

그렇다면 인간은 페르소나를 부정해야 하는가? 이 질문에 《황야의 이리론》은 조화를 이루라고 조언한다. 인간은 혼자가 아니라 사회적 관계 안에서 살아가는 존재이기 때문에 페르소나는 피할 수도 없고, 부정할 수도 없다. 페르소나 역시 자아의 일부분일 뿐이다. 그래서 구별하며 각각을 부정하는 것이 아니라 진짜 나의 모습을 알되, 조화를 통한 일체감을 형성해야 한다.

그러나 진정한 자아로 사는 길은 결코 쉽지 않다. 하리 역시 겉으로는 다른 사람들을 혐오하면서 스스로가 고독의 길을 자처하는 것처럼 보이지만, 그의 내면에는 누구보다 이해와 사랑을 갈구하는 인간적 외로움이 있다. 시민의 평범함을 요구하는 세상에서 진정한 자기를 찾아가는 것은 '아웃사이더'라는 죄목으로 '고독'이라는 형벌을 받게 된다. 왜냐하면 인간은 타인에게 자신의 전부를 온전히 사랑받고 싶어 하는 동시에, 상대를 자신의 상상의 틀에 맞추고 싶어 하는 존재이기 때문이다. 이러한 인간적 딜레마로 인해 하리처럼 사회적 자아와 개인적 자아의 간극이 크면 클수록, 관계에서 오는 상처와 고립은 깊어지게 된다.

> 그는 몹시 불행한 사람이었다. 또 그는 다른 사람마저도 불행에 빠지게 할 수 있었다. 이를테면 그가 그들에게 사랑을 느끼거나, 그들이 그를 사랑할 경우가 그러했다. 왜냐하면 그를 사랑한 사람들은 언제나 한결같이 그의 반쪽밖에 보지 못했기 때문이다. 사람들은 그를 무뚝뚝하긴 하지만 섬세하고 똑똑한 인간이라 여기며 사랑에 빠졌다가 돌연 그 안에 이리를 알게 되자 화들짝 놀라며 실망해 버렸다. 이것은 필연적으로 피할 수 없는 일이었다. 왜냐하면 인간은 누구나 온전한 자기 그대로의 모습으로 사랑받고 싶어 하기 때문이다. 하리도 예외는 아니었다. 그는 사랑받고 싶었던 그들에게 자신의 이리를 숨기고 그들을 속일 수가 없었다.

하리는 이렇게 외로움과 고독에 몸부림치는 고통스러운 삶에서 벗어날 탈출구로 자살을 꿈꾼다. 《황야의 이리론》에 따르면 이런 자아 파괴적인 모습 역시 고독한 아웃사이더의 특징 중 하나다. 그들은 개성화에 대한 죄책감으로 현실의 자아를 파괴하고 그 끝에 자살이라는 방법을 마음에 품고 산다. 그런데 《황야의 이리론》은 자살을 꿈꾸는 미치광이 아웃사이더에게 그가 동경하던 모범적인 시민의 허상을 폭로한다.

《황야의 이리론》에서는 '시민'을 좁은 의미의 자아(페르소나)만을 자신으로 생각하고 사는 사람들이라 말한다. 진짜 자아의 본능과 이상을 알지 못하고 사는 시민들은 그저 현실적인 안정과 안위를 위해 언제나 평균을 지향하는 어중간한 존재들이며, 실은 시민이라는 수많은 양 떼 무리에 몸을 숨겨 자신의 안정을 보존하려는 존재에 불과하다. 그리고 미치광이로 여겨지는 하리야말로 자신의 내면 속 본능과 이상을 직면하고 그 사이에서 갈등하는 강한 생명력을 지닌 존재이다. 이것이야말로 더 큰 의미의 진정한 '자아'이고 나를 찾는 개성화의 시작이다. 그래서 《황야의 이리론》은 '순수한 자연의 본능과 이상 추구를 무시한 채 현실을 영위하는 '나'를 진정한 자아로 볼 수 있는가'라는 존재론적 질문을 던진다.

> 시민적인 것은 항상 균형 잡힌 인간으로서 존재하기 위한 시도이자, 인간 행동의 수많은 양극과 대립 사이에서 중도를 지키려는 노력에 지나지 않는다. (중략) 쾌락과 금욕 그 어디에도 자신을 던지는 일이 없고, 결코 이상에 빠지지도 본능에 몸을 맡기지도 않는다. 오히려 그 반대다. 그의 이상은 자아를 벗어나지 못하고 자아를 보존하려 든다.

(중략) 그래서 본질적으로 시민이란 삶의 원동력이 약한, 희생하기 두려워 불안에 떠는, 지배당하기 쉬운 존재이다. 이로 인해 시민은 힘 대신 무리를, 권력 대신 규율을, 책임 대신 투표를 선택한다.

이런 의미에서 '황야의 이리'의 정신을 살펴보면 그는 고도로 개성화되어 시민으로 살 수 없는 인간이다. 왜냐하면 개성화가 고도로 진행되었을 때 개성은 자아에 반기를 들고, 더 나아가 자아를 부수려고 들기 때문이다. 그의 내면에는 그가 원한다면 언제든 성자도 탕아도 될 수 있는 강력한 힘이 도사리고 있으나, 어딘가 나약하고 게으른 구석이 있어 자유롭고 거친 바깥으로 나아가질 못하고, 시민사회라는 무겁고도 거대하며 몽롱한 꿈에 사로잡혀 있다.

대체로 자살자는 개성화에 대한 죄의식을 느끼는 사람, 즉 삶의 목표가 더는 자기완성이나 자아실현에 있지 않고 자아의 해체, 즉 자연이나 신, 또는 전체로 회귀하는 것이라고 믿는 사람이다. 그런데 실은 이런 성품을 타고난 사람들은 자살할 가능성이 거의 없다. 왜냐하면 그들에게 자살은 심각한 죄악이기 때문이다. 그렇지만 평범한 사람들의 시선에서 그들은 자살자로 여겨진다. 왜냐면 그들에게는 삶이 아닌 죽음이 구원이며, 자기 자신을 희생시키고, 내던지고, 없애버리고, 태초로 되돌아가려 하기 때문이다.

마지막으로 《황야의 이리론》은 진짜 나를 직면하기 두려워하고 개성을 찾지 못하는 우리에게 '인간' 개념에 대한 패러다임의 전환을 제시한다. 이 전환이야말로 진정한 자신을 찾기 위한 열쇠이다. 표면적으로 하리는 인간과 이리의 갈등으로 방황하고 있다. 그러나 이런 고통은 '인간'이라는 개념에 담긴 우리들의 편견(착오)에서 나온다. 우리는 인간은 곧 시민이라는 생각을 가지고 산다. 그러나 앞서 다룬 것처럼 시민이란 인간 군상의 많은 영역을 차지하는 인간의 하위분류일 뿐, 진정한 의미의 인간은 아니다.

진정한 의미의 인간이란, 본능(자연)과 이성(정신)의 팽팽한 외줄 위에서 두려움과 흔들림을 느낄지라도 꿋꿋하게 서 있는 존재 그 자체이다. 이 관점에서 볼 때, 하리는 정신분열증을 앓는 미치광이가 아니라 지극히 인간적이며 평범한 존재이다. 이러한 패러다임의 전환을 이룰 때, 우리는 자신 안의 갈등을 자연스러운 것으로 인정하고 받아들일 수 있다. 그리고 그 갈등을 자연스러운 것으로 인정하고 받아들일 때야말로 자신을 서로 대립하는 두 존재로 여기는 편협한 이분법적 사고에서 벗어나 내 안에 존재하는 수백, 수천의 나를 만날 준비가 되는 것이다. 융은 자아를 통합하고, 자기 내면에 수없이 많은 원형으로 구성된 무의식과 통합을 이룰 때야말로 진정한 개성화, 자기실현을 이룰 수 있다고 보았다.

우리는 연구를 마무리하면서 마지막으로 가장 근원적이고도 중요한,

우리를 속이고 있는 하나의 허상을 파괴하려 한다. (중략) 하리가 자신을 이리 인간으로 여기고, 자기 내면을 서로 적대시하는 두 개의 존재로만 구성되어 있다고 여긴다면 그것은 어리석은 답습에 불과하다. (중략) 심지어 하리처럼 고도로 복잡한 인간을 단순히 이분법적으로 나누려는 시도는 말도 안 되게 유치한 해석이다. 하리의 내면은 두 개의 존재가 아니라 셀 수 없는 수많은 존재로 구성되어 있다. 그의 삶의 고뇌는 단지 본능과 정신이라는 양극의 혼란 때문이 아니라, 수백, 수천의 무수한 극단의 진동으로 발생한다.

다른 사람처럼 하리도 자신이 인간에 대해 잘 알고 있다고 생각한다. 그러나 그것은 사실이 아니다. 인간은 결코 정해지고 영원히 똑같은 형상이 아니라, 오히려 하나의 시험이요, 과정이며, 본능과 이성 사이에 놓인 좁고 아슬아슬한 다리에 지나지 않는다. 인간을 이성으로, 신으로 내모는 것은 양심의 명령이며, 그를 본능으로, 어머니로 향하도록 끌어당기는 것은 간절한 그리움이다. 이 둘 사이에서 두려움을 느끼며 혼란스러워하는 것이 인간의 삶이다. 사람들이 '인간'이라고 생각하는 개념은 언젠가 제한적인, 시민적으로 합의된 의견에 지나지 않는다.

그러나 그가 '이리'와 대립하는 존재를 '인간'이라고 여길 때, 그 '인간'이라는 개념은 대체로 시민적 합의에서 생겨난 변변치 못한 '인간'

범주를 벗어나지 못한다.

우리는 '나'로 살지만 다른 누구보다 자기 자신과 친해지기 어려워한다. 남들과 다른 내 모습은 숨기려 하고, 자신도 몰랐던 새로운 모습은 인정하기 싫어한다. 때로는 서로 모순되는 자신의 감정과 모습 때문에 혼란스러워하다가, 결국 나도 나를 모르겠다며 포기하기도 한다. 이렇게 나로 인해 좌절하는 우리에게 《황야의 이리》는 더 이상 '인간다움'과 '나다움'이라는 틀에 자신을 가둬두지 말라고 말한다. 또한 《황야의 이리》는 우리에게 〈가시나무〉라는 노래의 가사처럼 '내 속에 내가 너무 많아 때로는 내가 쉴 곳이 없을지라도, 마음속이 무성한 가시나무숲 같아서 여기저기 찔릴지라도' 꿋꿋이 용기를 가지고 걸어가야 한다고 위로를 건넨다.

대부분의 사람들은 자신이 진실로 원하는 성장과 본능을 알기 두려워한다. 이것이 바로 우리가 정신착란을 두려워하는 이유다. 자연 그대로의 인간 모습과 인간이 이상적으로 도달하고자 하는 모습 사이에는 언제나 커다란 간격이 존재한다. 우리는 그 간격 자체를 없앨 순 없지만, 그 사이를 뛰어넘을 순 있다. 이때 우리에게 필요한 것이 바로 간격을 뛰어넘을 용기다. 시도하기도 전에 미리 겁을 먹고 도전을 포기하거나 '미친 짓'이라고 자신을 비난하지 마라. 오히려 그 순간 자신의 내적 소리를 소중히 여기고, 그것을 분명히 받아들여라! 모든 성장은 이러한 용기와 연결되며 역경과 좌절이 없는 성장은 있을 수 없다.

– 헤르만 헤세, 《삶을 견디는 기쁨》 중에서

나르치스와 골드문트

Narziß und Goldmund, 1930

보통 《나르치스와 골드문트》(1930)의 나르치스와 골드문트는 각각 '이성'과 '감성'을 상징하는 것으로 분석되지만, 사실 둘은 단순히 이분법적으로 설명하기 어려운 인간의 본질을 보여준다. 그래서 《나르치스와 골드문트》를 읽는 독자들은 인간 존재에 대한 자신만의 답을 생각해 보는 동시에 양극단의 조화라는 감동을 느끼게 된다. 헤르만 헤세는 골드문트의 삶을 통해 젊은 시절 자신의 방랑과 아름다움을 추구하는 예술가의 삶을 형상화하고 있다.

1. 줄거리와 등장인물

① 줄거리

마리아브론 수도원에는 특별한 두 인물이 있었다. 한 명은 수도원장 다니엘, 다른 한 명은 수도원생 나르치스였다. 다니엘은 훌륭한 인품과 지혜를, 나르치스는 뛰어난 지성과 자제력을 지녀 모두가 둘을 사랑하고 존경했다. 나르치스는 능력을 인정받아 어린 나이에 수습 교사가 되는데, 이 시기에 순수하고 감수성이 풍부하여 사람의 마음을 사로잡는 골드문트가 수도원에 입학한다.

나르치스에게는 자신뿐만 아니라 타인의 타고난 자질과 소명을 파악하는 능력이 있었다. 신입생 골드문트를 만나는 순간, 나르치스는 그가 자신과 정반대의 자질과 소명을 타고난 인물임을 알아채고 내적 끌림을 느낀다. 자신이 금욕과 사색의 정신을 타고난 사람이라면, 골드문트는 본능과 감각의 감성을 타고난 사람이었다. 골드문트 역시 자신이 꿈꾸는 경건함의 표본인 나르치스를 보고 경외심과 끌림을 느낀다. 그러나 이 둘은 서로 거리를 두며 좀처럼 교류하지 못한다.

어느 날, 골드문트는 다른 수도원생과 밤에 마실을 나가는 일탈을 저지른다. 마실을 나간 골드문트는 예상치 못하게 한 소녀와 입맞춤을 하게 되는데, 이로 인해 견디기 힘든 죄의식에 빠진다. 이때 그의 상태를 간파한 나르치스는 골드문트에게 도움의 손길을 건네고, 이를 계기로 둘은 공식적으로 우정을 나누게 된다. 하지만 둘의 우정은 쉽지 않았다. 나르치스는 자신이 가야 할 길을 깨닫지 못하는 골드문트를 일깨워 주고자 노력했고, 그럴 때마다 골드문트는 나르치스가 자신을 어리석은 존재로 치부한다고 여겨 그에게 저항했다. 그러다 급기야 나르치스는 골드문트가 애써 지우려고 한 어머니의 존재를 상기시켜 버리고, 그 충격으로 골드문트는 쓰러지게 된다.

골드문트의 어머니는 집시였으며, 아들을 낳고 떠나버렸다. 되살아난 어머니의 기억 때문에 그는 자신이 가진 속죄 의식과 경건한 삶으로의 소망이 사실은 아버지의 바람이었음을 깨닫게 된다. 이후 나르치스는 사제의 길을 가기 위해 철저한 금욕의 시간을 보내며, 골드문트는 약초 심부름을 갔다가 숲에서 집시 여인 리제를 만나 사랑에 빠진다. 리제를 통해 내면에 솟아오르는 사랑의 욕망과 감각을 경험한 골드문트는 그 길이 바로 자신의 길임을 깨닫고 수도원에서 도망친다.

그런데 숲속에서 골드문트와 하룻밤을 보낸 리제는 다음날 남편이 있다며 그를 떠나버린다. 그때부터 골드문트는 정처 없이 홀로 방랑하기 시작한다. 골드문트는 특유의 아름다움과 매력으로 스쳐 지나가는 수많은 여자와 밤을 보내며 점점 사랑의 감각과 기술을 터득해 간다. 그렇게 욕망으로 가득 찬 몇 년의 세월을 보낸 그는 우연히 방문한 기사의 저택에서 글짓기를 돕는 조건으로 머무르게 된다. 그리고 기사의 큰딸 뤼디아와 둘째 딸 율리에에게 동시에 욕망을 느껴 이 둘을 유혹한다.

그러나 그동안 만났던 여인들과 달리 둘은 골드문트를 좋아하면서도 경계했다. 이를 눈치챈 골드문트는 다른 여인을 이용해 큰딸 뤼디아의 질투심을 유발했고, 결국 그녀의 마음을 얻어 비밀리에 연애를 시작한다. 그동안 여자들에게서 욕정만을 배웠던 골드문트는 자신에게 순수한 사랑을 전하는 뤼디아 덕분에 처음으로 진실한 사랑의 감정을 배우며 성숙해진다. 그러나 위험하고도 아름다운 둘의 사랑은 그들의 관계를 눈치챈 율리에의 질투로 인해 파국으로 치닫고, 결국 모든 것을 알아버린 기사는 골드문트를 내쫓는다.

다시 떠돌이 신세가 된 골드문트는 한 마을에서 자신과 같은 처지인 빅토르를 만난다. 교활하고 파렴치한 빅토르는 골드문트와 동행하기를 원했다. 그는 빅토르를 혐오하면서도 편안한 보금자리를 구할 수 있다는 생각에 이를 승낙한다. 그러나 빅토르가 자고 있던 골드문트의 옷을 몰래 뒤지는 일이 벌어지고, 주머니에 숨겨둔 뤼디아의 선물을 뺏길까 두려웠던 골드문트는 몸싸움을 벌이다가 결국 그를 죽이게 된다. 정신없이 도망친 그는 살인의 충격과 극심한 배고픔으로 죽음의 문턱에 다다라 쓰러지지만, 다행히 마을 사람에게 발견되어 목숨을 구한다.

다시 길을 떠난 골드문트는 어느 수도원 예배당에서 고해성사를 하게 되는데, 그곳에 있는 아름다운 마리아 목상을 보고 마음을 빼앗긴다. 마리아상은 자신이 꿈에서 애타게 그리던 어머니의 모습과 닮아 있었다. 그 길로 그는 무작정 목상을 만든 장인 니클라우스를 찾아간다. 골드문트에게서 예술가 정신을 발견한 니클라우스는 그의 그림을 보고 목상 만드는 법을 가르쳐 주기로 결심한다.

예술가의 길에 처음 발을 들인 골드문트는 얼마간은 행복감과 만족감을 느꼈다. 그러나 본격적인 예술가의 삶에 들어서자 그는 예술가에게 요구되는 성실과 희생을 버거워하기 시작했다. 변덕스럽고 불성실한 태도로 니클라우스와 마찰을 빚던 골드문트는 오로지 나르치스상을 완성하겠다는 일념과 욕구로 내면의 방랑심을 견디며 마침내 나르치스상을 완성해 낸다. 이에 장인 니클라우스는 골드문트를 후계자로서 공방에 정착시키려 하지만, 예술과 방랑의 길 사이에서 고민하던 그는 현실에 안주하는 삶을 원하지 않아 다시 길을 떠난다.

겁 많은 떠돌이 순례자 로베르트를 만나 동행하던 중 골드문트는 마을 전체에 흑사병이 창궐해 곳곳에 시체가 널린 참혹한 광경을 목격한다. 그리고 그곳에서 우연히 만난 라네를 포함해 셋이서 흑사병을 피해 오두막 생활을 시작한다. 그러나 라네는 골드문트에게 정착의 삶을 요구하고, 이에 질려버린 골드문트는 속으로 떠날 마음을 먹는다. 그러던 중 한 낯선 남자가 라네를 겁탈하려는 장면을 목격한 골드문트는 그 남자를 살해한다. 그리고 얼마 뒤 라네는 흑사병에 걸려 죽고, 로베르트는 도망가 버린다.

다시 혼자가 된 골드문트는 온갖 죽음과 혼돈에 빠진 세상을 체험한 뒤 예술혼에 불타 니클라우스에게 가기로 결심한다. 그러나 니클라우스는 이미 죽고, 병에 걸린 그녀의 딸만 집을 지키고 있었다. 이에 골드문트는 상실과 슬픔에 빠져 인생의 무상감을 느끼지만, 그 와중에도 백작의 애첩 아그네스를 보고 강렬한 정복 욕구를 느낀다. 결국 아그네스를 유혹하는 데 성공한 골드문트는 목숨을 건 아그네스와의 밀애를 즐기지만, 금세 백작에게 탄로 나 감옥에 갇히고 단두대에 오를 신세가 되고 만다.

그러나 우연히 골드문트를 본 성직자 하나가 그를 위해 고해성사의 기회를 주고 싶다고 말하고, 그는 이 신부를 통해 어떻게든 죽음을 면할 궁리를 한다. 기다리던 고해성사 순간, 골드문트는 그 신부가 바로 그토록 그리워하던 나르치스라는 걸 알게 된다. 수도원장이 된 나르치스의 도움으로 목숨을 건진 골드문트는 수도원에 머물며 그곳에서 사용될 작품을 만들게 된다. 나르치스에게 자신의 삶의 과정과 그 안에서 생긴 의문점을 터놓으면서 골드문트는 자신이 정신적으로 성숙했음을 깨닫는다. 그리고는 온 정성을 다해 수도원의 서가 장식을 완성한다. 인간과 하느님의 세계가 공존하는 그의 작품을 보고 나르치스는 자신에게 없는 감성의 경이로움을 느끼며 감격한다.

작품을 완성한 후 골드문트는 젊고 순수했던 자신이 어느새 늙어버렸다는 걸 깨닫고 자신의 본질을 찾기 위해 다시 방랑을 결심한다. 나르치스는 지금 제작하고 있는 마리아상이 완성되면 수도원을 떠나겠다는 골드문트의 말에 이별의 고통을 느꼈지만, 그의 방랑을 이해한다. 골드문트가 떠난 뒤 나르치스는 골드문트에 대한 그리움과 그가 남긴 예술의 경이로움으로 마음이 흔들린다. 그리고 처음으로 자신과 반대되는 삶의 의미와 가치, 골드문트를 향한 사랑을 가슴으로 느끼고 깨달아 그가 돌아오기만을 기다린다.

병이 들어 생명이 위독해진 골드문트는 생의 마지막 순간에 나르치스의 곁으로 돌아왔고, 자신의 죽음은 그토록 찾아 헤매던 어머니의 품으로 돌아가는 것이라고 말한 뒤 나르치스의 품에서 평온한 죽음을 맞는다.

② 등장인물

다니엘 수도원장

나르치스와 골드문트의 존경을 받는 성자이다. 항상 모두에게 선의를 베풀면서도 겸손함이 몸에 배어 있다. 뛰어난 성품과 지혜로 나르치스와 골드문트에게 애정 어린 관심과 조언을 제공한다. 후에 골드문트는 수도원 조각 작품에 다니엘 수도원장의 모습을 순진무구함과 자애로움이 통일된, 완성된 성인으로 표현한다.

> "나르치스 군, 나는 자네를 향해 하나의 가혹한 편견에 빠져 있었음을 고백하네. 나는 쉽게 자네를 오만한 인간이라 여겼지. 자네는 너무 단절되어 있고, 외로운 사람이네. 자네 곁엔 숭배자가 있을지 몰라도, 친구는 존재하지 않거든. 제발 내가 자네의 실수를 혼낼 기회라도 있었으면 하고 바라기도 했다네."

"내가 겪은 사람들은 누구나 젊은 시절에 많든 적든 자신에게 주어진 것과 자신이 소망하는 것 사이를 혼동하곤 한다네."

나르치스

절대적이고 확고한 이성, 규율과 절제, 묵상과 경건한 신앙심을 상징하는 인물이다. 자신의 소명을 알고 흔들림 없이 그 길을 가는 동시에 골드문트의 소명을 일깨워 준다. 자신이 추구하는 이성 역시 불완전한 것임을 알고 추후 골드문트를 통해 자신 역시 깨달음을 얻게 될 거라 예지한다.

아름다운 소년은 희랍어 실력이 유창했으며, 행동거지가 매우 의젓했다. 그의 깊은 사려심은 차분하면서 빛이 나는 눈매에서 느껴졌으며, 보기 좋게 가는 입술은 단정한 인상을 주었다. (중략) 그러나 차분함과 자제심이 너무 지나치게 강하며, 나이에 어울리지 않는 그의 정중함은 종종 부정적인 평가를 가져오기도 했다.

"저에겐 사람의 성격과 운명을 직감하는 타고난 능력이 있습니다. 이 능력은 저 자신뿐만 아니라 다른 사람에게도 발휘됩니다. 그것이 바로 저의 직분입니다. 저는 제게 주어진 직분에 따라, 다른 사람을 다스리고, 봉사하는 길을 걸어가게 될 것입니다."

골드문트

유한하고 불완전한 인간의 삶을 상징하는 인물이다. 자연의 순수함을 타고났기에 천진난만함, 풍부하고 예민한 감수성을 지녔다. 자유와 방랑의 삶을 살면서 세상의 온갖 아름다움과 고통을 체험하고, 그 체험을 영원한 예술로 남기고자 한다.

> 나르치스에게는 자기 운명으로 날아든 이 멋진 소년이 마치 황금의 새처럼 느껴졌다. 외로운 존재였던 나르치스는 자기와 모든 면에서 상반되는 동시에 자신과 닮은 골드문트를 직감적으로 알아보았다. 나르치스가 몹시 수척한 체격에 어두운 성격을 지녔다면 골드문트는 눈부시게 곱고 화려한 존재였다. 또 나르치스가 분석하고 사색하는 정신적 존재라면, 골드문트는 타고난 깨끗함을 가진 순수한 영혼이었다. (중략) 이 둘은 피할 수 없는 특별한 경고를 받고 태어난 존재라는 점이 너무나 닮았다.

뤼디아

기사의 첫째 딸로, 부끄럼 많고 순수한 인물이다. 결혼할 수 없는 상대인 골드문트를 사랑하게 됨으로써 현실과 사랑 사이에서 고통스러워한다. 뤼디아는 여자와의 쾌락만 알던 골드문트에게 진정한 사랑을 가르쳐준다. 사랑하면서도 불안해하는 뤼디아를 이해하지 못했던 골드문트는 후에 그녀의 사랑을 깨닫고, 오랫동안 마음에 품었던 뤼디아를 마리아상으로 표현한다.

"당신은 너무 기쁘고 밝아 보여요. 하지만 당신의 눈 속에는 세상의 온갖 슬픔이 가득 차 있군요. 당신의 눈을 바라보면 마치 세상의 행복은 사라지고 없으며, 아름답고 소중한 모든 것들은 금방 우리 곁을 떠나버린다는 사실을 알고 있다고 느껴져요. (중략) 당신이 떠나간다면 제 곁에는 가족들이 남겠죠. 제가 들어와 쉴 수 있는 공간도 있고요. 하지만 마음의 안식처는 사라지고 말 거예요."

빅토르

빅토르는 늙고 타락한 방랑자의 표본이다. 오랜 방랑 생활로 인해 속임수에 능하며 도둑질을 일삼는 인물로, 자유를 추구한다는 면에서는 골드문트와 공통점이 있으나 자연의 순수성은 잃어버린 인물이다. 골드문트는 빅토르로부터 목숨을 지키기 위해 처음으로 살인을 저지르게 되고, 이를 통해 생을 향한 원초적 본능, 원죄의식, 삶의 덧없음 등을 느끼게 된다.

"그래. 골드문트, 너는 그렇게 해도 남들에게 먹힐지 모르지. 너의 얼굴은 젊고 잘생겼고, 또 순진함이 묻어나니까. (중략) 사람에게는 세월의 흔적이 남게 되고, 젊고 어리던 얼굴에도 언젠가 수염이 자라고, 주름이 생기고, 외양은 허름해지지. 그러다 보면 어느샌가 남들에게

환영받지 못하는 추한 손님이 되고 말아. 그리고 눈에는 생기와 순수함 대신 허기진 기색만 가득하지."

니클라우스

골드문트가 찾아 헤매는 어머니의 상징인 마리아상을 제작한 장인이다. 그는 아름다운 형상에 대한 집념의 예술가이면서 동시에 현실에 정착한 장인이라는 이중성을 가지고 있다. 자유를 추구하는 골드문트는 이런 니클라우스의 모순을 혐오하지만, 나중에는 그 의미를 인정하고 그를 진정으로 그리워한다.

그의 정신은 강인한 끈기, 많은 지식과 사고, 그리고 인간 일에는 실수가 있기 마련임을 아는 노련함과 그로부터 나오는 겸손함, 그 와중에 자신의 과업을 향한 존중과 신뢰가 담겨 있었다. 그런데 그의 손끝에서 실현되는 언어는 또 이와 달라서, 그의 정신과 신체 사이에는 일종의 모순이 존재했다.

말로는 설명하기 힘든 경험과 예감들을 눈에 보이는 형상으로 표현해내는 마술과 같은 재주를 가진 니클라우스는 남다른 안목과 통찰력 외에도 또 다른 기질을 가지고 있었다. 그것은 다소 엄하면서도 조급한 아버지의 기질, 무리를 이끄는 우두머리의 기질, 또는 홀아비의 기질이었다.

2. 태초의 어머니를 향한 인간의 순수한 동경과 성장

골드문트는 정착을 거부하고 끊임없이 자유와 방랑을 추구한다. 방랑하는 골드문트는 문명 시대에 살고 있지만 마치 원시 속 태초의 자연인과 닮았다. 그의 마음속에는 이브, 마리아로 표현되는 어머니에 대한 알 수 없는 동경과 끝없는 그리움으로 가득하다. 그래서 끊임없이 어머니의 존재를 찾아 헤매며 세상의 모습에서 어머니의 모습을 발견한다. 또한 자신의 영혼 속에 존재하는 어머니의 형상을 영원한 작품으로 만들고 싶은 욕구에 예술혼을 불태운다. 골드문트에게 예술은 종착지가 아니라 어머니를 찾기 위한 과정이었다. 그리고 이 과정에서 누군가의 가르침이나 교리를 통한 깨달음이 아닌 스스로 인생과 어머니에 대한 답을 찾아 성장하는 모습을 보여준다. 이러한 골드문트의 방랑과 성장, 그리고 어머니의 존재를 어떻게 바라봐야 할까? 지금부터 그의 체험 속에 녹아들어 있는 삶의 의미와 그 성장을 따라가 보자.

리제를 만나기 위해 수도원을 도망쳐 바깥세상으로 나온 골드문트는 오롯이 혼자가 되었다는 자유를 만끽한다. 골드문트는 그 어떤 곳에도 얽매이거나 안주하고 싶어 하지 않는다. 자유는 골드문트를 가장 그답게 만들어주는 인생의 지향점이다. 한동안 그는 여인을 향한 욕망과 감각적 쾌락에만 몰두하며 어떠한 목적도 없이 오로지 순간의 욕구대로만 살아간다. 이때의 골드문트의 삶은 순수한 날것, 원초적 본능 그 자체였다.

전과 다른 새로운 세상으로 한 걸음 발을 내딛는 기분이었다. 이제부터는 홀로 걸어나갈 것이며, 나르치스와 같이 자신을 이끌어줄 존재는 필요치 않았다. 이런 깨달음이 골드문트를 기쁘게 만들었다. 다른 사람에게 의존했던 시절을 떠올려보니, 그 시절 자신이 부끄러웠으며 갑갑함이 느껴졌다. 이런 사실을 깨닫고 나니 마음이 후련했다.

언어로 표현하지 않는 세상, 유혹을 위한 부엉이 울음소리만이 존재하는 세상, 말이 아무런 의미를 갖지 않는 세상에 들어온 느낌이었다. 그는 그것이 마음에 들었다. 오늘은 언어나 사고가 필요 없는 것이다. 오직 리제를 향한 욕망만이 들끓었다.

그렇다. 우리에겐 말과 생각은 중요하지 않았다. 서로에게서 아름답고 소중한 것들이 전해졌다. 젊은 여인의 육체에서 발산되는 소박하면서도 건강한 아름다움이 느껴졌고, 그녀의 몸이 점차 따뜻해지고 갈망이 끓어오르는 것이 느껴졌다.

그렇게 감각적 쾌락에만 몰두하던 골드문트는 욕망과 사랑의 차이를 알게 해주는 뤼디아를 만나게 된다. 그동안 골드문트가 만났던 여인들은 하룻밤의 쾌락만을 원했으나, 뤼디아는 골드문트를 순수하게 사랑했기에 그로 인해 기쁨을 느끼고, 또 고통스러워 하며 슬퍼했다. 이런 뤼디아의 모습에 골드문트는 의문을 가졌다. 비록 온전히 그녀의 사랑을 이해할 수는 없었지만, 그녀로 인해 그는 처음으로 욕망과 사랑이 다른 것임을 알게 된다.

골드문트는 기쁨과 고통이 공존하는 그녀의 영혼과 육체에서 아름다움을 발견했고, 그 아름다운 형상을 예술로 표현하고 싶은 욕구를 느낀다. 그러나 뤼디아와의 사랑은 곧 정착을 의미하는 것이기에, 방랑의 자유를 포기할 수 없었던 골드문트는 자신의 본능에 따라 행동한다. 기쁨과 고통이 공존하는 뤼디아의 사랑을 통해 골드문트는 인생에 담긴 '불완전함'을 처음으로 알게 된다.

> 동생 쪽이 보여주는 관능적인 매력에 사로잡힐 때마다 그는 욕망과 사랑의 차이를 깨닫고 이에 놀라워했다. (중략) 그녀를 너무 사랑했기에, 그녀를 소유하고 싶었던 욕망을 점차 단념하게 되었다. (중략) 그리고 그녀의 영혼과 신체가 서로 부합되는 그 지점에서 그는 매료되었고 놀라움을 느꼈다. 그녀의 영혼과 신체가 조화를 이루는 일정한 규칙과 규범들을 발견하는 그런 순간이 올 때, 골드문트는 그 형태를 그대로 표현해 내고 싶은 욕구에 휩싸였다.

인생에 대한 위와 같은 깨달음은 이후 더욱 심화된다. 골드문트는 산모의 고통스러운 얼굴에서 쾌락을 느끼는 여인의 얼굴을 발견한다. 또한 죽임을 당할 뻔한 순간 내면에서 올라오는 강인한 삶의 의지도 체험한다. 이런 체험을 통해서 골드문트는 인간 삶의 불완전함이 서로 다른 양극의 존재에 있음을 느낀다. 그때부터 골드문트에게 죽음은 두려움이 아닌 호기심의 대상으로 다가온다.

그런데 이런 형상의 세계는 아무리 아름다운 것일지라도 스쳐 지나가면 사라지는 것들이었다. 골드문트는 이 사라져 버리는 경험들이 비록 현실에는 남아 있지 않지만, 자신의 영혼에는 남아 있음을 느낀다. 그리고 모든 것이 유한하다는 인생과 자연의 진리 앞에서 허무감을 느낄 때마다 이를 표현하고자 하는 강한 욕구에 그림을 그리기 시작한다. 이렇게 골드문트는 누군가에게 배워서가 아니라 자신의 체험과 내면에 떠오르는 의문, 그리고 자신의 욕구를 따라가며 자연스럽게 삶의 목적에 다가가고 있었다.

> 채 2년이 안 되는 시간 동안 그는 떠돌이 방랑자의 삶의 애환을 거의 대부분 알게 되었다. 외롭다는 것, 자유롭다는 것, 자연을 듣는 법, 욕망이 지배하는 타락한 사랑, 죽음 직전까지 간 궁핍이 무엇인지 알게 된 것이다. (중략) 그런데 그중에서도 특히 잊을 수 없는 가장 강렬한 경험은 바로 죽음에 맞섰던 기묘한 사건이었다. 나약하고 보잘것없는 자기가 생명의 위협을 당했을 때, 죽음에 맞서 싸운 최후의 저항에서 그는 자신 안에 있는 강인한 생명력과 생의 소중함을 몸소 체험했던 것이다.

그러던 중 골드문트는 어머니의 형상을 한 마리아상을 보고 자신이 가야 할 길을 깨닫게 된다. 목표가 없던 골드문트의 삶에 예술이라는 숭고한 목표 의식이 생긴 것이다. 인물상을 제작함으로써 자신이 내내 마음속으로 그리던 어머니를 표현할 수 있다는 걸 안 그의 내면에는 다른 어떠한 쾌락적 욕구보다 예술에 대한 마음이 강하게 끓어오른다.

> 아름답고 성스러운 그 목각 입상을 바라보는 그 짧은 찰나에 골드문트에게는 지금까지 없던 삶의 목표가 생겼다. 목표가 없던 골드문트는 그 이전에 다른 사람의 삶의 목표를 업신여기거나 부러워하곤 했었다. 그런데 이제는 자신만의 목표가 생긴 것이다. 어쩌면 그 목표를 이룰 수 있으리라는 희망마저도 샘솟았다. 또 이를 통해 자신의 망가진 지난날을 회복하고, 자신의 삶의 숭고한 가치를 찾을 수 있을 것만 같았다.

예술의 길을 걷기로 결심한 골드문트는 그제야 자신의 가슴 속에 떠올랐던 인생에 대한 의문을 직면하게 된다. 골드문트는 슬픔과 쾌락 같은 인간의 감정은 덧없는 것이며, 유한한 인간의 삶 또한 허무하다는 것을 느끼고 알 수 없는 괴로움에 종종 빠지곤 했다. 그러나 인생에 대한 괴로움이 떠오를 때마다 그는 또 다른 욕구 충족으로 이를 회피해 왔다.

그런데 예술의 길로 들어선 골드문트는 드디어 자기 내면에 떠오르는 물음을 직면하고 자신만의 답을 찾는다. 골드문트는 자신이 갖는 예술을 향한 갈망 역시 삶의 유한성에서 오는 반작용이며, 예술은 이런 반작용의 여러 시도 중 하나임을 깨닫는다. 아이러니하게도 인간이 추구하는 숭고한 것들은 결국 인간의 죽음으로부터 나오는 것이었다. 그렇게 인생의 무상감에 빠져 있던 골드문트는 죽음과 예술의 의미를 깨닫는다.

슬픔, 기쁨, 고통, 절망 이 모든 것은 그저 스쳐 지나가는 것에 불과하다. 그런 감정들은 점차 사라지고, 퇴색해 버린다. 그 감정이 가져오는 깊이와 의미마저도 없어지며, 이제는 과거에 어떤 일들을 겪었는지조차 생각나지 않는 그런 시간이 온 것이다. (중략) 언젠가 지쳐버려 이런 감정마저도 잊히게 될 것이다. 우리에게 영원히 존재하는 것은 없다. 고뇌마저도.

그는 생각했다. 어쩌면 우리가 추구하는 예술과 정신이라는 것들은 모두, 우리가 가진 죽음에 대한 두려움으로 생겨난 것들이다. 우리는 모두 덧없는 존재들이기에, 사라지는 것들을 보면 가슴 아파하고 시드는 꽃에 눈물을 흘리며, 죽음을 두려워하는 것이다. (중략) 그런데 우리가 예술가로서 어떤 형상을 만들어내거나 사상가로서 세상의 이치를 탐구할 때면 우리는 이런 것들이 우리를 죽음으로부터 구해준다고 여긴다. 우리가 사라지더라도 세상에 존재할 그 무언가를 만들기 위해 우리는 그토록 애쓰는 것이다.

그러나 막상 예술의 길에 들어선 골드문트는 예술이 단지 감각만으로 이루어지는 세계가 아님을 알고 혼란스러워한다. 자신의 기대와 달리 진정 아름다운 예술 작품은 감각만이 아니라 기술과 오랜 희생이 필요했던 것이다. 이렇듯 예술 안에 어머니의 세계와 아버지의 세계가 공존한다는 것을 알게 된 골드문트는 자신이 왜 그토록 장인 니클라우스를 동경하면서도 동시에 혐오했는지 이해하게 된다. 그리고 예술을 통해 자신이 경멸해온 아버지의 세계의 가치를 비로소 인정하게 된다.

모든 인생은 언제나 양극단의 공존이었으며, 어느 한쪽이 아닌 양쪽 모두가 가치 있는 것이다. 지금까지 골드문트는 한쪽의 가치를 완전히 무시한 채, 어머니의 세계에 치우친 삶을 살았던 것이다. 이를 통해 그는 가장 이상적인 삶이란 양극단의 어느 쪽을 선택하는 것이 아니라 이 둘의 통일성에 있음을 깨닫는다.

그렇다! 인간의 삶은 상반되는 두 가지가 서로 균형을 이룰 때, 양자택일의 어리석음으로 삶의 균형이 깨지지 않을 때 비로소 의미가 있는 것이다! 예술가의 삶을 살면서도 인생을 희생시키지 않아야 한다! 인생을 즐기면서도 아름답고 고귀한 창조성을 포기하지 않아야 한다! 그것이 과연 어떻게 가능할까? 살아 있는 생명체는 모두 이러한 이원성, 즉 대립하는 양쪽 사이에 있는 것처럼 보인다. 그러니까 여자 또는 남자로 태어나고, 정착하는 삶이 아니면 방랑의 삶을 살고, 이성적이지 않으면 감정적이게 된다. (중략) 그중 하나에 치우쳐 버리면 반드시 다른 한쪽을 잃게 되고, 잃은 다른 한쪽 역시 너무나 소중한 의미를 가지는 것이다!

그러나 이런 이상적인 깨달음에도 자신의 본성은 방랑이기에, 골드문트는 마지막 작품인 마리아상을 완성하고 그 길로 다시 길을 떠난다. 이후 그는 자신의 본성인 '순수한 청춘'이 마침내 사라졌을 때, 자기 안에 이미 존재하는 어머니를 인식하고 평온히 죽음을 맞이한다.

골드문트의 마음속 영원한 이상, 죽음을 통해 다시 만나는 어머니의 존재는 영화 〈아바타〉 속 만물의 어머니 '에이와'를 연상하게 한다. 영화 〈아바타〉에는 자연과 교감하고 공존하며 사는 나비족이 등장한다. 나비족에게 죽음은 영원한 이별이 아니라, 자신이 태어난 근원인 만물의 어머니이자 여신, 에이와의 품으로 돌아가는 것이다. 이와 같은 어머니를 향한 골드문트의 끝없는 동경과 합일 추구는 우리에게 인간의 순수한 무의식의 근원과 자연에 대한 신비로운 경외감을 느끼게 한다.

3. 나르치스와 골드문트의 사랑과 우정

이 소설의 주인공인 나르치스와 골드문트는 모든 면이 극명하게 반대되는 인물이다. 나르치스는 금욕과 절제, 학문과 사색, 이성과 정신, 도덕과 신앙의 표본으로 '아버지'를 추구한다. 반면에 골드문트는 욕망과 쾌락, 형상과 체험, 감성과 감각의 표본으로 '어머니'를 동경한다. 이처럼 모든 면에서 완벽하게 서로 다른 두 인물의 삶과 그들의 사랑과 우정의 의미를 《황야의 이리》의 내용과 연결해 해석해 보려 한다.

헤세는 《황야의 이리》에서 "불완전한 존재로 태어난 인간은 정신과 자연 사이에 놓인 하나의 시도이자 과정이다."라며 인간 존재에 관한 자신의 통찰을 압축적으로 설명했다. 그리고 《나르치스와 골드문트》는 이와 같은 통찰을 자연 그 자체인 골드문트, 정신 그 자체인 나르치스의 삶과 둘의 통합으로 형상화한 작품이다.

> 인간은 결코 정해지고 영원히 똑같은 형상이 아니라, 오히려 하나의 시험이요, 과정이며, 본능과 이성 사이에 놓인 좁고 아슬아슬한 다리에 지나지 않는다. 인간을 이성으로, 신으로 내모는 것은 양심의 명령이며, 그를 본능으로, 어머니로 향하도록 끌어당기는 것은 간절한 그리움이다.
>
> – 헤르만 헤세, 《황야의 이리》 중에서

이미 태어날 때부터 '정신'의 완성형인 나르치스는 엄격하고 진지한 성격과 뛰어난 지성으로 리더의 자질을 타고났다. 나르치스의 타고난 숙명인 '신'을 향한 길은 반듯하고 예측 가능한 완성형 외길이다. 그래서 나르치스의 인생은 흔들림 없이 견고하며, 항상 남들의 우위에 존재한다. 어떻게 보면 너무나 완벽해서 인간이 아닌 존재처럼 느껴지기도 한다. 그래서 다니엘 신부는 인간의 몸으로 신의 정신을 타고난 나르치스의 오만함을 염려한다.

그러나 이렇게 정신적으로 완벽해 보이는 나르치스에게도 없는 것이 있었으니, 그것은 인간의 자연스러운 감정과 욕구였다. 태초의 어머니인 이브가 선악과에 대한 욕망과 호기심으로 에덴동산에서 추방당한 것은 욕망이 타락의 근원임을 의미하는 동시에, 인간이 갖는 자연스러운 본능임을 의미한다. 그런데 인간이 갖는 가장 순수한, 자연 그대로의 감정과 욕구가 나르치스에게는 존재하지 않는다. 그래서 나르치스는 필연적으로 골드문트에게 끌림을 느끼며, 먼 훗날 그로부터 자신이 도움을 받을 것을 예견한다.

그에겐 세상 모든 일에 있어 감정이 이끄는 대로, 이성적 분석을 거치지 않고 받아들인다는 것은 도무지 있을 수 없는 일이었다. 둘 사이의 우정에서 그는 항상 지적으로 이끌어주는 역할을 해왔으며, 이런 관계는 오래도록 지속되었다.

사랑이라는 감정이 단 한 순간이라도 육체적 쾌락에 빠지는 것은 용납할 수 없었다. 나르치스는 그렇게 살아가도록 정해진 사람이었다. 나르치스에게 사랑이란 높고 숭고한 형태로만 허용되었다. (중략) 그는 자신과 상반되는 골드문트의 타고난 본성을 훤히 이해했으며, 섬세하게 파악하였다. 왜냐하면 골드문트가 가진 본성이야말로 나르치스는 가질 수 없는 잃어버린 반쪽이었기 때문이었다.

"그런 사람들은 자연의 풍요로움을 타고난 사람들이지. 그들의 삶은 사랑의 정서와 생생한 체험으로 얻는 삶의 풍요로움이 넘쳐흐르지. 그에 비해 우리 같은 이성적 인간들은 너희 같은 부류의 사람들을 다스리고 이끄는 것처럼 보이지만, 실은 삶의 풍요로움을 알지 못하는 메마른 존재들이야. 너희가 감각의 홍수에 빠질 위험이 있다면, 우린 숨 막히는 진공 상태에 놓일 위험이 존재하지."

자연의 순수 그 자체인 골드문트는 내면의 욕구 그대로를 따라 살아가면서, 삶이 주는 온갖 사랑과 고통을 체험한다. 나르치스가 경험할 수 없는 골드문트의 삶은 신비로움과 아름다움으로 풍요로웠지만, 동시에 절제가 없는 탐욕과 타락, 방황과 좌절의 연속이기도 했다. 세상에 처음 나온 골드문트는 쾌락의 충족에서 오는 넘치는 행복감을 만끽했지만, 수많은 인생의 경험 끝에 도달한 것은 결국 유한성에서 오는 허무였다.

인간이 태어나 죽음을 피할 수 없는 것처럼 인간의 쾌락과 고통 역시 찰나에 불과한 것이었다. 이는 '자연' 그대로를 상징하는 골드문트의 삶을 통해 '아버지의 세계'가 갖는 불변의 완전함과는 대조되는 '어머니의 세계'의 불완전함과 유한성을 보여준다. 이로 인해 골드문트는 인생의 무상감에 빠져 자주 혼란을 느끼지만, 그 혼란이 무엇을 의미하는지는 깨닫지 못한다. 이러한 골드문트의 상태를 나르치스는 이성적 사고로 꿰뚫어 보고 그 의미를 그에게 가르쳐준다.

"그렇지만 자네의 생각에는 한 가지 큰 오해가 있네. 자네는 자네의 말에 어떤 이론과 논리가 반영되어 있다고 생각하네. 하지만 그건 그저 감정일 뿐이네. 인생의 두려움에 빠진 한 인간의 주관적 느낌에 지나지 않아. 그리고 이 고통과 비관의 감정 반대에는 또 다른 감정이 기다리고 있다는 것을 잊지 말게."

"자네의 세상은 온갖 고통과 죽음으로 가득 차 있군. 그래서 이를 피해 쾌락으로 도망가 버린 셈이로군. 하지만 그런 쾌락은 지속되기가 어려운 법이지. 그와 같은 쾌락의 끝은 결국 황폐함밖에 없을걸세."

"지금 모든 것이 혼란스럽게 뒤섞여 있군. 자네는 지금보다 더 배워야 하네."

비록 골드문트는 나르치스가 말하는 논리와 개념으로 그의 경험을 정리할 수는 없었지만, 그에게는 이론으로는 담을 수 없는 생생한 인간의 삶이 녹아들어 있었다. 그의 영혼에 각인된 삶 자체가 진실한 진리였고, 이것은 하나로 규정될 수 없는 것이었다. 그리고 골드문트는 창조를 통해 이것을 예술로 표현해 냈다.

골드문트의 예술 작품은 나르치스로 하여금 감각에서 나오는 아름다움과 풍요로움, 고통과 쾌락이 공존하는 삶의 진리를 마음으로 느끼게 했으며, 자신에게 존재하는 골드문트에 대한 사랑의 감정을 절실히 경험하게 했다. 나르치스는 견고했던 자신의 삶에 처음으로 의문점을 가지고 혼란스러워한다. 그리고 나르치스는 결국 과거의 자신이 예견했던 대로, 골드문트가 가진 자신의 잃어버린 반쪽의 의미와 가치를 진정으로 인정하게 된다.

수도원장 나르치스는 친구를 향한 그리움에 마음이 혼란스러웠다. 사랑과 그리움, 감사함과 걱정이 가득했고 때때로 미심쩍은 생각을 하는 스스로를 뉘우치기도 했다. 자기가 얼마나 애정 어린 시선으로 그를 지켜봐 왔으며, 항상 그가 그의 본성에 따르길 간절히 바랐고, 그 친구와 예술을 통해 자신의 삶이 얼마나 충만해졌는가를.

인간이 정말 정해진 원리와 원칙대로만 살아가는 존재일까? 어쩌면 신이 우리를 만드실 때, 우리에게 본능적 충동과 감각을, 욕망 덩어리를, 유혹에 빠질 해이를, 쾌락을 즐기고 절망을 느낄 성향을 이미 주신 것이 아닐까?

거기엔 어떠한 논리도, 지시도, 훈계도 가르침도 들어 있지 않았으며 오직 진실하고 드높은 인간의 삶만이 담겨 있을 뿐이었다. 그에 비해 지식과 수도원의 규칙, 거짓된 논리만이 남은 자신의 삶은 너무도 초라한 것이었다!

나르치스와 골드문트는 양극단의 삶 각각이 지닌 의미와 가치를 보여주는 동시에, 궁극적으로 이 둘의 조화와 통일을 이끌어 냄으로써 인간 존재의 의미와 자아실현의 방향성을 제시한다. 골드문트는 오랜 세월이 흐른 뒤 다시 만난 나르치스에게 덧없고 사라지는 형상을 영원한 예술로 표현하고 싶다고 말한다. 이 말을 들은 나르치스는 그것이야말로 정신의 추구와 같은 의미라며 기뻐한다. 서로 방법은 다르지만, 완전한 영원을 추구하는 것이야말로 인간이 나아갈 최고의 지향점이자 자아실현인 것이다. 그러나 당시 골드문트는 그 말뜻을 이해하지 못했고, 나르치스 역시 골드문트가 경험한 삶의 의미를 느끼지 못했다. 하지만 마침내 골드문트는 예술로써 자기실현을 완성했고, 나르치스는 골드문트의 삶과 과정 자체가 지닌 가치를 인정한다.

《나르치스와 골드문트》는 '인간이란 태어날 때는 자연 그대로의 불완전한 존재지만, 자신만의 이상을 추구하는 존재이기에 아름답고 숭고한 것이 아닐까?'라는 생각을 하게 한다. 인간은 완전한 '이상' 그 자체에 가까워짐을 통해 결과적으로 숭고한 존재가 되는 것이 아니라, 불완전한 존재임에도 완전한 것을 꿈꾸고 실현하려는 존재이자, 그 과정 자체가 아름다운 것임을 보여준다.

해와 달, 바다와 육지가 우리와 같은 존재들이지. 우리가 지향해야 하는 바는 넘을 수 없는 상대방의 존재를 부정하는 것이 아니라 서로를 받아들이는 거야. 상대방을 있는 그대로 인정하고 존중하는 것이지. 그런 관계를 이룬다면 우리는 서로가 대립하지만 동시에 서로를 보완하는 존재가 될 거야.

신만이 세상에 존재하는 완벽한 존재지. 그 외 모든 것들은 미완이고, 일부분이며, 가변하고, 다양한 것들로 혼재되어 있고, 가능성을 가지고 있다네. 하지만 신은 그와 달리, 완전하고 단일하며 변하지 않는다는 현실 그 자체인 거야. 그렇지만 미완이 완성을 향해 가고, 가능성이 현실로 이루어질 때, 비로소 우리 인간 존재의 의미는 진실해진다네. 완전한 존재, 신의 존재에 한 걸음씩 다가가는 것. 그것이 바로 자아실현이라고 부르는 것이지.

유리알 유희

Das Glasperlenspiel, 1943

《유리알 유희》(1943)는 헤르만 헤세가 가장 오랜 기간을 들여 집필한 마지막 소설로, 노벨 문학상 수상 작품이다. 전기(傳記) 형식의 소설인 《유리알 유희》는 유리알 유희 명인인 요제프 크네히트의 생애를 통해 혼란스러운 사회에서 추구해야 하는 이상과 개인이 추구해야 할 자아실현이 무엇인지 보여준다.

1. 배경지식

《유리알 유희》의 형식적 구성은 '서문-유희 명인 요제프 크네히트의 전기-요제프 크네히트의 유고'로 이루어져 있다. 이 중 서문에서는 공간적 배경인 '카스탈리엔'의 역사, 그리고 '유리알 유희'가 무엇인지를 설명한다. 소설을 이해하기 위해서는 먼저 이에 대해 알아야 한다.

① 카스탈리엔: 순수한 정신세계만을 추구하는 정신적 이상향

20세기는 전쟁으로 인해 경제, 정치, 도덕 등 모든 것이 혼란한 시기였다. 이런 상황에서 진정한 정신적 가치는 무너지고, 교양이라는 명목으로 무분별한 소비 위주의 유희가 판을 친다. 이 시기를 '잡문 시대'라 비판하며, 잡문 시대에 반(反)하여 순수한 정신세계를 추구하는 '카스탈리엔'이 조직되었다. 시간이 흘러 카스탈리엔은 외부 세계와 모든 연결이 차단된 최상위의 교육 조직으로 성장한다. 내부적으로 순수한 이성을 추구할 수 있는 소수의 영재만을 선발하여 교육하며, 수도회와 교육청을 조직했다. 카스탈리엔과 현실 세계의 연결점은 내부의 숙련된 교사를 바깥세상에 파견하여 순수한 지성을 교육하고, 이를 통해 의식주에 대한 경제적 지원을 받는 것이 유일하다. 이처럼 카스탈리엔은 철저하게 고립된 자신들만의 세계를 지향한다.

② 유리알 유희: 명상을 바탕으로 한 최상위의 순수 정신 활동

유리알 유희란 '유희 언어'라는 공식 언어를 통해 이루어지는 정신적 활동으로, 다양한 학문 분야를 넘나들며 서로 다른 학문을 분석, 통합하고 새로운 진리를 탐구하는 일종의 놀이이자 가장 순수한 정신 활동이다. '유리알'이라는 명칭은 음악 분야에서 새로운 조합을 창작하기 위해 유리알로 연습하던 것에서 유래하였다. 유리알 유희는 카스탈리엔 내에서도 가장 추상적이고 순수한 지적 활동으로, 카스탈리엔의 시작이자 그 존재 의미를 상징한다.

2. 줄거리와 등장인물

① 줄거리

《유리알 유희》는 일종의 미래 소설로, 2400년경 어느 전기 작가가 200년 전의 전설적인 유리알 유희 명인 요제프 크네히트의 자료를 모아 그의 일대기를 남긴다는 설정으로 시작한다. 크네히트는 소년 시절 라틴어 학교를 다니던 중, 그의 음악적 재능을 알아본 음악 교사의 추천으로 영재 학교 선발 심사를 받게 된다. 이때 심사를 하러 온 카스탈리엔의 음악 명인은 크네히트의 영재성과 바르고 명랑한 인성에 감탄하여 그를 카스탈리엔 영재 학교에 추천하고, 평생의 스승이 되어 크네히트를 교육하고 돕는다.

카스탈리엔인이 된 크네히트는 애쉬홀츠 영재 학교에 입학하여 이전과는 달라진 자신의 삶을 인식하고, 정신적 탐구의 길이 자신의 천성에 맞는 소명임을 느낀다. 애쉬홀츠에서 크네히트는 음악과 라틴어 분야에 뛰어난 재능을 가지고 있으며 바른 인성을 갖춘 학생으로 인정받는다. 그러나 애쉬홀츠에서 크네히트의 인생에 영향을 미친 중요한 경험은 성적과 타인의 인정이 아니었다. 그것은 바로 속세로 다시 돌아가거나 카스탈리엔에 맞지 않아 탈락하는 동급생들을 목격하고 관찰한 경험이있다. 이 경험을 통해 카스탈리엔에 부합하는 천부적 기질을 가진 크네히트는 자신과는 다른 기질의 학생들과 바깥 세계에 대한 의문을 처음으로 품게 되고, 그들의 퇴학을 실패가 아닌 용기로 인식하게 된다.

애쉬홀츠를 빠르게 졸업한 크네히트는 유리알 유희 명인을 배출하기로 유명한 발트첼로 자신이 진학하게 될 것을 직감한다. 그러나 크네히트는 입학 초기에 음악에만 몰두하여 다른 학문을 소홀히 하는 등 사춘기를 지나며 교장과 갈등을 겪는다.

그러던 중 그는 청강생 플리니오 데시뇨리를 알게 된다. 청강생이란 일종의 위탁 제도 학생으로, 카스탈리엔을 후원하는 귀족 가문의 자녀들로 구성된다. 카스탈리엔을 경험할 수 있는 소수의 속세인인 데시뇨리는 특유의 입담과 대담한 기질로 속세인을 대표하여 카스탈리엔을 비판하는 공식 토론을 즐기는 학생이었다.

데시뇨리와의 운명적 만남은 크네히트로 하여금 애쉬홀츠에서 품은 의문을 자극하여 혼란에 빠지게 만들었다. 이러한 고민을 알게 된 음악 명인은 오히려 공식적으로 크네히트와 데시뇨리의 토론회를 주선한다. 각자의 세계를 옹호하고 상대에게 반론을 제시하는 토론의 경험은 크네히트가 카스탈리엔을 좀 더 깊게 이해할 수 있게 했으며, 동시에 반대가 되는 현실 세계에 대해서도 깨닫는 계기가 된다. 이런 변화는 데시뇨리도 마찬가지였기에, 서로 반대의 기질과 세계를 대변하는 둘은 서로를 인정하고 더욱 발전된 우정을 쌓는다. 또 토론회로 인해 크네히트는 발트첼에서 천재로 주목받게 된다.

천재성과 인품을 모두 인정받은 크네히트는 조기 졸업 후 자유 연구 시기에 진급한다. 연구 시기란 관심 있는 분야를 자유롭게 탐구하는 시기로, 크네히트는 자신에게 쏠렸던 과한 관심과 그 위치에서 느끼던 책임감에 해방되어 유리알 유희에 몰두한다. 그 과정에서 그는 유리알 유희가 자신의 남은 생을 바칠 만한 가치가 있는가에 대해서 스스로를 향해 끊임없이 질문을 던진다.

남들 눈에 띄지 않게 숨어 지내던 크네히트는 동서양을 넘나드는 탐구심으로 학자이자 은자인 노형을 찾아가 중국의 《역경》을 배우는 등 학문 탐구에 매진한다. 그러던 중 우연한 계기로 데시뇨리를 다시 만나게 되는데, 전과 달리 서로 너무 다른 세계에 속해 있음을 깨달아 둘 사이의 우정은 결국 끊어지고 만다.

크네히트는 그의 능력을 눈여겨본 상부 조직으로부터 연구 시기를 끝내고 수도회 조직으로 입문하라는 명을 받는 동시에 베네딕투스 수도회 소속 마리아펠리스 수도원으로 파견되는 새로운 임무를 맡는다. 전에 없던 그 임무는 겉으로는 파견 교사직이라는 단순한 임무지만 실제는 단절되었던 가톨릭과 카스탈리엔의 친분 형성을 위한 중대한 임무였다. 이 임무로 크네히트는 그의 인생에 엄청난 영향을 끼친 야코부스 신부를 만나게 된다.

야코부스 신부는 베네딕투스 수도회에서 가장 영향력 있는 신부이자 역사학사인 동시에 신을 믿지 않는 카스탈리엔의 존재에 가장 반감이 강한 인물이었다. 그러나 크네히트와 야코부스의 우정은 발트첼에서 데시뇨리와 그랬던 것처럼 서로 반대 세계에 속해 있음에도 서로의 가치와 존재 의미를 깨닫게 했다. 야코부스 신부는 반감을 가지고 있던 카스탈리엔을 점차 인정하게 되었다. 그리고 크네히트는 현실 세계가 만들어 낸 역사에 대한 통찰력을 갖게 되는 동시에 역사의 흐름 속에 존재하는 카스탈리엔의 위치를 새롭게 인식하게 된다.

그러던 중 카스탈리엔에서 가장 성대한 행사인 유리알 유희 축제 기간에 유리알 유희 명인 토마스가 건강 악화로 죽게 된다. 이로 인해 크네히트가 차기 명인 후보에 오르게 되고, 수도회의 결정으로 역대 최연소 유리알 유희 명인이 된다. 최고의 자리에 가장 어린 나이로 임명된 크네히트는 갑작스러운 변화로 인한 많은 직무와 막대한 책임감에 부담을 느끼지만, 타고난 능력과 인성으로 훌륭하게 업무를 수행하면서 주위의 신임을 얻는다. 크네히트는 명인이라는 자리에서 오는 고난이 닥칠 때마다 음악 명인의 조언을 되새기고 끊임없이 명상 수련을 하며 누구보다 인정받는 유리알 유희 명인으로 자리매김한다. 하지만 최고의 자리에서 능력을 인정받을수록 정작 그의 마음에는 카스탈리엔의 한계와 자신의 길에 대한 의구심이 커져만 가고, 결국 그의 내면에는 투쟁에 가까운 새로운 목표가 자리 잡는다.

크네히트의 생각은 카스탈리엔 재정 감사 위원회 위원이 된 데시뇨리와 다시 재회하면서 점점 확신으로 바뀌고, 크네히트는 그와의 적극적인 교류를 통해 새로운 투쟁을 준비한다. 크네히트의 투쟁은 명인 자리를 사임하고 현실 세계로 돌아가 어린아이를 교육하는 것이었다. 그는 자신의 역할을 빠짐없이 수행해 내며 자신이 없더라도 현 체제가 유지될 수 있도록 안전장치를 마련한 후 마침내 수도회에 청원서를 보낸다. 청원서에는 카스탈리엔의 한계, 미래에 닥칠 존속 위기에 대한 경고와 함께 수도회를 탈퇴하고 바깥세상으로 나가겠다는 내용이 담겨 있었다. 갑작스러운 명인의 사직 의사를 받아들일 수 없던 수도회에서는 크네히트를 설득하려 하지만, 그는 입장을 바꾸지 않고 결국 현실 세계로 나간다.

현실 세계로 온 크네히트는 데시뇨리의 아들인 티토를 교육하기 위해 마련된 별장으로 거처를 옮긴다. 이전 티토와의 수차례 만남으로 이미 그의 반항아적 기질과 특성을 파악한 크네히트는 특유의 인품과 교육자적 자질로 티토의 호감을 산 상태였다. 별장에서 맞는 첫 아침, 둘은 서로를 향해 오고 가는 영적 교류를 인지한다. 이때 티토가 크네히트에게 수영을 제안한다. 크네히트는 몸이 좋지 않았지만, 티토를 실망시키지 않기 위해 그 제안을 받아들인다. 그러나 결국 몸을 가누지 못하고 죽고 만다.

② 등장인물

《유리알 유희》에는 정(正)-반(反)의 관계에 있는 인물들이 어떻게 '합(合)'에 도달하는지가 문학적으로 형상화되어 있다. 이를 살펴보면 소설을 좀 더 깊이 있게 이해할 수 있다.

요제프 크네히트

크네히트는 겸손하고 순수한 성격, 주위 사람을 끌어당기는 명랑성, 폭넓은 탐구심과 뛰어난 지적 통찰력, 새로운 세계에 대한 호기심과 초월을 향한 갈망을 가진 인재이다. 크네히트의 이런 기질은 소설에서 유리알 유희 명인이 되어야만 하는 숙명을 타고난 것으로 표현된다. 유리알 유희의 핵심 원리는 '통합'과 '초월'이다. 유리알 유희는 학문의 각 분야를 넘나들면서 서로 다른 학문 간에 존재하는 보편성을 새롭게 발견하는 지적 놀이이다. 따라서 그 원리가 바로 주제 의식인 통합과 초월을 상징하게 된다. 그리고 이러한 유리알 유희의 특성은 크네히트의 특성과 일치하면서 그가 곧 통합과 초월의 인간상임을 소설 곳곳에서 암시하고 있다.

> 선배들이 그를 좋아했던 이유 중 하나는 그가 명예나 지위 같은 세속적 야심이 전혀 없는 순진함을 타고났기 때문이다.

> 테굴라리우스는 아무도 알지 못한 명인의 존재가 갖는 의미를 눈치챘

다. 그것은 존경하는 명인의 존재와 그의 삶 자체가 가진 양극성 또는 이원성이었다.

그를 사랑하는 마음의 크기만큼 이별의 고통은 컸다. 알렉산더는 그를 만나게 된 이후 줄곧 애정의 마음을 지녔는데, 특히 크네히트의 걸음걸이가 그의 마음을 사로잡았다. 그의 걸음걸이는 일정한 속도감으로 힘 있으면서도 동시에 가볍고 경쾌한, 위엄 있으면서도 무겁지 않은, 수도자의 경건함과 무용가의 가뿐함의 중도를 걷는, 아주 품위 있고 유연한 걸음걸이었다.

플리니오 데시뇨리

데시뇨리는 귀족 가문의 자제로 소년 시절 대담하고 정열적인 인물이었다. 소설에서 데시뇨리는 크네히트와 만남을 통해 삶의 가치관이 여러 번 변한다. 맨 처음 소년 시절 크네히트와의 만남은 데시뇨리가 속세를, 크네히트가 카스탈리엔을 대변하며 서로 대립 구조를 이뤘다. 그러나 공식 토론이라는 교류와 우정을 통해 데시뇨리는 카스탈리엔을 이상향으로 설정하고 갈망하게 된다.

하지만 데시뇨리가 돌아간 현실의 삶은 이상과는 다른 세계였다. 이상을 추구하기에는 데시뇨리를 둘러싼 세상은 타락했고, 또 데시뇨리는 세계에서 소외된 자신을 견디지 못했다. 결국 현실의 벽 앞에 좌절한 데시뇨리는 자신의 방향성을 잃은 채 체념하고 방황한다. 이런 과거의 삶을 털어놓는 그에게 크네히트는 카스탈리엔인에게서는 찾을 수 없는 데시뇨리의 슬픔과 고뇌의 표정이 바로 그다운 것이며, 그것이 자신의 마음을 이끌었다며 위로한다. 또한 크네히트는 데시뇨리가 느낀 비탄의 원인은 이상을 추구하기 힘든 현실 그 자체보다 자신이 집중해야 할 것에 집중하지 못하여 명랑성을 잃은 자기 내부에 있다는 조언을 건넨다.

데시뇨리는 현실에서 이상을 추구하고 싶지만 정작 자신의 이상이 무엇인지 몰라 방황하고 좌절하는, 지극히 인간적인 우리의 모습을 대변한다. 이런 우리에게 헤르만 헤세는 크네히트를 통해 세상에 존재하는 타락과 부정, 이상을 실현하기 어렵게 만드는 운명의 굴레들은 인간이 어찌할 수 없는 이치임을 인정하고, 그 안에 발 딛고 있는 인간으로서 그저 자신이 가야 할 길을 끊임없이 찾는 것만이 우리가 할 일임을 알려준다.

그는 재능 있고, 말주변이 뛰어났다. 그래서 연설과 토론에서 탁월한 능력을 보여줬다. 그러나 그의 변덕스럽고 불같은 성격은 츠빈덴 교장에게 큰 고민거리로 작용했다.

그에게는 속세와 카스탈리엔 두 세계를 중재할 힘이 없었다. 실패 속에서 그는 비탄에 빠진 아웃사이더가 되어 스스로를 고립시켰으며 자기 안에 공존하는 세속적 현실과 카스탈리엔의 이상마저도 조화를 이루지 못했다.

그리고 친절한 섭리는 우리를 같은 곳으로 이끌었습니다. 카스탈리엔 바깥에서 저와 똑같은 마음으로 단절된 이 두 세계의 교류를 이끌고, 연결을 꿈꾼 속세의 사람이 하나 있었습니다. 그가 바로 플리니오 데시뇨리입니다.

프리츠 테굴라리우스

테굴라리우스는 크네히트와 동급생이지만 그의 인품과 능력을 존경하여 따르고자 하는 인물이다. 훌륭한 교양을 지녀 학문의 수준이 우수하고 탐구심이 강하지만, 개인주의 성향이 강하고 명상을 게을리하여 신경질적이며 불안정한 성격적 결함을 지녔다.

그래서 소설 속 다른 인물들과는 달리 크네히트와 서로 건강한 영향을 주고받으며 성장하는 인물은 아니다. 오히려 크네히트는 테굴라리우스의 성격적 결함이야말로 미래 카스탈리엔의 쇠퇴를 상징한다고 생각해 끊임없이 일방적인 도움을 제공한다.

크네히트는 자신의 친구가 가진 독특한 성격 속에서 하나의 상징적인 의미를 발견했다. 그것은 바로 카스탈리엔이 다른 세상과 연결되어 새로운 자극을 받고, 이를 통해 젊음의 활기를 얻지 못한다면 언젠가 맞게 될 카스탈리엔의 쇠퇴였다. 테굴라리우스 성격에는 세상과 단절되어 자신만의 세계에 갇히고, 도덕적 해이를 맞는 최후의 카스탈리엔의 모습이 담겨 있었다.

음악 명인

음악 명인은 크네히트를 카스탈리엔인으로 선발하고, 크네히트가 방황할 때 그의 고뇌를 본인보다 더 정확히 꿰뚫어 보며, 그를 자아실현의 길로 인도하는 인생의 스승이다. 음악 명인은 사회적 위치로는 최상위인 명인의 자리에 앉아 의무와 책임에 최선을 다하는 관리자의 모습을, 실존하는 인간으로서는 죽음에 가까워진 인간이 갖출 수 있는 완성된 경지를 보여준다. 음악 명인과 크네히트의 관계는 일방향적인 스승과 제자, 노인과 소년의 관계로 단순하게 보기보다는 좀 더 심도 있게 해석해야 한다.

소년이었던 제자는 다시 나이가 들어 스승이 된다. 크네히트는 최고의 자리에 오르자 그 어떤 인재보다도 가능성이 열려 있는 어린아이들의 교육에 관심을 갖는다. 교육에 대한 크네히트의 관심은 소설 속에서 외부의 직무나 도덕적 책임감 같은 외적 요인 때문이 아닌 자연스러운 내적 발현이라 묘사된다. 그리고 크네히트는 다시 순수하고 열린 가능성의 아이들을 통해 새로운 지적 열망을 자극받는다. 이렇게 크네히트와 음악 명인의 관계는 세대 간의 차이가 대립으로 가는 것이 아니라 또 다른 통합이 될 수 있음을 보여줌과 동시에 이러한 인간의 순환적 관계가 자연스러운 인생의 흐름임을 보여준다.

야코부스 신부

카스탈리엔의 수도회와 베네딕투스 수도회는 금욕과 신성한 가치를 추구한다는 점에서 유사해 보이지만, 카스탈리엔은 현실 세계와 단절되어 오로지 정신적 이상향만을 추구하고, 베네딕투스 수도회는 현실과 긴밀하게 연결되어 있으며 종교적 이상향을 추구한다는 점에서 서로 다른 공간적 의미를 지닌다. 이 두 세계의 극명한 차이는 그들의 말투와 행동 등 처세와 생활 태도를 통해 보여지며, 그 결과 베네딕투스 수도회에서 원만히 생활하는 크네히트와는 달리 테굴라리우스는 단 며칠도 견디기 힘들어한다.

야코부스 신부는 처음에는 카스탈리엔에 반감을 가지고 있었지만, 크네히트와 교류하면서 점차 카스탈리엔의 가치를 이해하게 된다. 또한 크네히트 역시 카스탈리엔에서는 절대 배울 수 없는 역사적 안목과 통찰력을 야코부스 신부로부터 배운다. 나이와 소속을 떠나 진정한 우정을 나누며 서로에게 배우는 이 둘의 상생 관계는 크네히트가 카스탈리엔과 현실의 조화를 추구하게 되는 소설의 결말을 이끌어 낸다. 또 이와 동시에 정반합의 발전을 상징하는 둘의 관계는 작품 전체의 주제 의식으로 연결된다.

그들의 관계에는 양극이 서로 공존했다. 서로가 서로에게 스승이자 제자가 되었으며, 가르쳐 주면서 동시에 배웠고, 한쪽에 정복되는 듯 하다가도 뒤바뀌며, 친구이자 협력자였다.

티토

티토는 데시뇨리의 아들로 소설 속 비중은 작지만, 상당히 중요한 의미를 담고 있는 인물이다. 티토는 부모의 잘못된 교육 방식과 귀족 가문을 버린 아버지에 대한 원망으로 반항아 기질을 보인다. 그러나 아버지의 대담하고 정열적인 기질은 물론이거니와 아직 발현되지 않은 지적 능력을 타고났다. 이런 티토의 기질을 파악한 크네히트는 바깥세상으로 나가 자신의 목표를 이룰 교육 대상으로 티토를 선택한다. 그리고 티토 역시 처음에는 크네히트에게 반감을 표현하지만, 그의 인품에 감복하여 그로 인해 자신의 운명과 영혼이 달라질 것임을 예감한다.

티토는 서로 단절되었던 두 대립인 바깥세상과 카스탈리엔을 연결하여 통합을 이룰 가능성을 상징한다. 왜냐하면 크네히트의 죽음에 책임감을 느낀 소년 티토가 자신이 아버지를 뛰어넘어 더 위대한 존재가 될 운명임을 직감하는 것으로 소설이 마무리되기 때문이다. 이는 티토가 귀족의 자제로서 바깥세상에서는 훌륭한 정치인이 되는 동시에 카스탈리엔과의 조화를 이끌 존재임을 암시한다. 따라서 티토는 크네히트의 죽음이 끝이 아니라 다시 생으로 연결되는 끊임없는 변화라는 것, 그리고 두 세계의 조화를 이루고자 했던 크네히트의 삶이 완성되리라는 것을 상징하는 인물이다.

3. 궁극의 진리란 무엇인가

이 소설 전체를 관통하는 중요한 질문은 '무엇이 인간과 세계가 추구해야 할 이상향, 즉 궁극의 진리인가'이다. 이 질문에 대한 헤르만 헤세의 메시지는 작품 전체 구조와 인물의 특징, 인물 간의 관계 등 모든 장치와 연결되어 하나의 주제 의식으로 통합된다. 따라서 이번 내용에서는 이 답을 찾기 위한 과정으로 작품의 곳곳에 담겨 있는 의미를 탐구하고자 한다.

① 궁극의 진리 = 양극 대립의 극복과 조화

《유리알 유희》에서는 동양의 음양 원리, 서양의 변증법적 사상이 절묘하게 조화를 이루면서 하나의 주제 의식으로 집약된다. 이 둘은 서로 명칭만 다를 뿐, '세상을 이루는 두 양극단이 존재하지만 가장 최상의 상태는 양극의 대립을 극복하여 조화를 이룬 상태'라는 같은 철학적 사상을 담고 있다. 《유리알 유희》는 작품 곳곳에 이를 문학적이면서도 구조적으로 잘 배치하여 소설을 읽는 독자에게 궁극의 진리, 최상의 가치란 무엇인가를 고민하게 한다.

동양의 《역경(易經)》

《역경(易經)》은 유학의 다섯 가지 경전 중 하나로, 《주역(周易)》 또는 《역(易)》이라고도 불린다. 《역경》에서는 천지 만물이 두 가지의 상반되는 양과 음으로 이루어졌다고 본다. 그래서 모든 사물과 현상이 양과 음으로 구분되고, 그 위치나 생태에 따라 끊임없이 변화한다는 것이 기본 원리이다. 그 예로는 달이 차면 다시 기울기 시작하고, 계절이 계속 바뀌면서 순환하는 자연현상을 들 수 있다. 모든 것은 변하나, 변한다는 그 원칙은 영원불변한 것이다.

서양의 변증법(辨證法)

'정반합(正反合)'이란 독일의 철학자 헤겔의 사상을 반영한 명칭으로, '변증법(辨證法)'이라고 알려져 있다. 변증법이란 인식이나 사물이 정-반-합의 3단계를 거쳐서 전개된다는 것이다. '정'은 자신 내부에 있는 모순을 알아차리지 못한 분열 이전의 단계, '반'은 정에서 모순을 인식하여 분열된 좀 더 진화된 상태, '합'은 정과 반이 총체적으로 통일된 상태이다. 그러나 합의 상태에서 끝나는 것이 아니라 합이 다시 그 모순으로 인해 정의 위치에 놓이게 되고 이에 대한 반이 다시 나타나는, 계속되는 발전의 과정을 의미한다.

② 소설 속 두 세계의 의미와 조화 추구

위에서 언급한 바와 같이 《유리알 유희》 전체의 주제 의식은 '양극의 조화'이다. 그래서 《유리알 유희》에 등장하는 두 세계인 잡문 시대와 카스탈리엔은 세계의 양극을 의미하며, 크네히트는 이 두 세계의 조화를 추구하는 인물이다.

잡문 시대

잡문 시대는 전쟁으로 인해 정신이 몰락한 극단의 시대이다. 이에 대한 반발로 카스탈리엔이 형성되었다. 따라서 잡문 시대와 카스탈리엔은 서로 음양의 세계, 정-반의 관계가 성립한다. 카스탈리엔이 역사를 도외시하게 된 이유는 잡문 시대의 문제점과 연결되어 있다. 첫 번째는 역사란 권력을 잡은 입장에서 쓰이기 때문에 불변의 진리일 수 없으며 항상 왜곡된다는 것이다. 두 번째는 역사란 결국 인간의 물질적 욕구로 이루어진 타락의 이야기라는 것이다. 크네히트는 카스탈리엔에 보내는 청원서에 잡문 시대를 적나라하게 비판하며 지성의 몰락과 지식인의 도덕적 타락이 가져오는 문제점을 이야기한다. 그러나 헤세는 카스탈리엔의 시작이 순수 지성일지라도 또 다른 극에 있는 카스탈리엔 역시 문제가 있음을 제시해 정반합의 중요성을 분명히 보여준다.

역사에서 다시 없을 매우 가혹한 선별 작업이 일어났습니다. 연구와 교육 분야는 권력과 전쟁의 횡포로 인해 급속한 쇠퇴의 길에 놓였습니다. 이처럼 세계사는 당시 주도권이 누구에게 있느냐에 따라, 자신들 입맛대로 개작되고 무한대로 단순화돼 버리고 말았습니다.

그러나 물질의 포로가 되어, 정신생활의 원칙을 저버린 자, 즉 2 곱하기 2가 무엇인가를 권력자의 입맛에 맞춰 바꿔버리는 자는 비열한 겁쟁이입니다! 설령 그것이 조국의 이익을 위한 것이라며 포장할지라도, 그것은 정신에 대한 충성, 신념에 대한 지조, 진리를 향한 양심을 배반한 자들의 비겁한 변명일 뿐입니다.

카스탈리엔

역사의 흐름 속 카스탈리엔을 바라볼 수 있게 된 크네히트의 눈에는 카스탈리엔의 쇠퇴와 몰락은 필연적이었다. 그래서 크네히트는 외적인 요인뿐만 아니라 내적인 원인으로 카스탈리엔이 점차 쇠퇴의 길을 걷게 될 것임을 경고한다. 역사적 통찰력을 가진 크네히트가 보기에 현실을 도외시하고 자신들만의 '작은 세계'를 만들어 세상과 단절한 카스탈리엔은 그 특수성 때문에 내부적으로도 몰락할 것이 자명했다. 더 높은 차원의 통합을 추구하는 크네히트에게 그들은 그저 특권 의식으로 뭉쳐 자신들이 세상이라는 유기체의 일부임을 인정하지 못하는 거만한 사람일 뿐이었다.

선구자이자 동시에 변절자가 된 크네히트는 자신의 의견이 받아들여지지 않을 것임을 알고 있음에도 폐쇄적인 그들에게 자신과 같은 존재가 반드시 필요함을 느낀다. 이 깨달음은 은자 노형이 유리알 유희로 중국의 《역경》을 담아보겠다는 크네히트의 포부에 아래와 같이 대답함으로써 이미 소설 초반에 상징적으로 암시되어 있다.

하루는 크네히트가 노형에게 중국의 《역경》을 유리알 유희로 구현해 보고 싶다고 말했다. 스승은 웃으며 말했다. "그것이 가능하다면, 어디 한번 해보게나. 해보면 알게 되겠지. 작은 정원 하나를 세상에 만드는 일은 쉽지만, 세상을 정원 속에 세우는 일이 과연 정원사에게 가능한 일인지."

4. 각성과 자아실현

① 자아실현은 '자신'에 대한 '복종'이다

'요제프 크네히트'의 이름에는 자아실현에 대한 암시와 상징이 담겨 있다. '자유'의 의미가 무엇인지를 묻는 크네히트에게 음악 명인은 크네히트의 이름의 뜻이 '복종'이기에 자유에 관심을 가지는 것이냐며, 속세의 자유란 겉만 그럴싸한 자유이고 그 실상은 물질로의 종속을 의미한다고 말한다. 그러면서 크네히트에게 진정한 자유는 자기가 하고 싶은 대로 하는 것이 아님을 가르쳐준다. 왜 헤르만 헤세는 주인공의 이름을 복종이란 뜻의 크네히트로 지었을까? 그 답은 크네히트가 진정한 자유와 복종의 의미를 깨닫는 부분에서 찾을 수 있다.

운명처럼 자신의 천성에 부합하는 세계, 카스탈리엔을 위해 살아가기로 한 크네히트는 비록 그것이 개인의 자유를 억압할지라도 카스탈리엔에 복종하겠다고 서약한다. 그러나 크네히트는 카스탈리엔을 떠나며 비로소 진정한 자유와 복종의 의미를 깨닫게 된다. 바로 자신이 복종할 대상은 외부의 그 무엇도 아닌 나 자신이라는 것이었다. 이 깨달음으로 크네히트는 현재를 살아가는 자신 속에서 느껴지는 생생한 부름을 경험하고, 그 부름이 비록 고통과 비난의 길일지라도 기꺼이 따르는 복종만이 자아실현이자 진정한 자유임을 깨닫는다.

'각성'에서 중요한 것은 진리를 알고자 하는 것이 아니라 자신이 처한 현실과 상황을 포기하지 않는 것이다. 각성했을 때 사람들은 외부의 사건이나 진리에 가까워지는 것이 아니라, 그 순간에 놓여 있는 자신의 내면 상태에 가까워지고 그것을 받아들이거나 실현하게 된다. 사람들은 그때 자신을 둘러싼 세계를 알게 되는 것이 아니라 비로소 마음먹게 되며, 그로 인해 세상의 중심이 아니라 자신의 중심을 향할 수 있게 된다.

저는 각성을 악마나 신의 존재 또는 진리를 보는 것이라고 절대 생각하지 않습니다. 다만 각성을 피할 수 없게 만드는 힘은 그것이 가진 현실성 때문입니다. 예를 들어 세상의 온갖 고통을 자신의 턱으로 몰아넣은 것 같은 치통은 그것이 주는 아픔을 치료하고 난 후에는 그저 웃고 넘기게 되겠지만, 고통을 겪는 당시에는 도저히 넘겨버릴 수 없는 절실한 현실이 됩니다. 이와 같은 절박한 현실성이 저의 각성에도 존재합니다.

② 자아실현으로 이르는 방법 = 명상과 각성

《유리알 유희》에서는 자아실현으로 이르는 길을 두 가지 알려준다. 하나는 내면으로 침잠하는 '명상' 수련이고, 또 하나는 외부와 내면의 부름이 서로 만나는 특별한 경험 '각성'이다. 유리알 유희 명인이라는 최고의 자리에 천부적인 자질로 누구보다 빠르게 올라간 크네히트는 얼핏 보면 완벽한 데다 운도 좋은 인간처럼 보인다. 하지만 크네히트는 자신의 운명에 따르는 자이자, 끊임없이 자신의 내면의 소리를 듣는 수행자였다. 그를 소개하는 첫 부분은 이를 한 문장으로 압축하여 보여준다.

> 뛰어난 모든 사람이 그러하듯이, 그 역시 자기 내면을 볼 줄 아는 지혜와 자기에게 주어진 운명을 사랑하는 태도를 지녔고, 이러한 그의 삶의 자세에는 어둠과 우울함이라곤 보이지 않았다.

소설 끝에 '인생의 길은 직선이 아니라 원형의 길'이라는 크네히트의 깨달음은 자아실현이란 나로 출발하여 점점 멀어지는 것이 아니라 처음의 나로 깊어지는 길임을 말해준다. 그러나 많은 이들이 나로서 살아가는 데 어려움을 겪는다. 이는 내면이 불안정하기 때문이고, 내면이 불안정한 이유는 고요하게 자신의 마음을 들여다보지 못하기 때문이다. 따라서 자아실현을 위해서는 명상이 반드시 필요하다. 아직 명상의 필요성을 알지 못하고 내면의 고요함의 힘을 느끼지 못했던 어린 크네히트에게 음악 명인은 아래와 같은 조언을 전한다.

"나는 격렬하게 좋고 싫음을 드러내는 사람들에게서는 하찮은 영혼밖에 느낄 수가 없네. 위대하고 훌륭한 영혼에게는 그러한 격정이 보이지 않는 법이라네. 우리 인간의 삶이란 그저 하나의 시도이자 과정에 불과하다네. 그렇지만 인간은 누구나 완성을 향해 가야 하네. 그 완성이란 자신의 삶의 궤도에서 가장자리로 빠지지 않고, 중심을 향해 가는 노력 그 자체라네."

"자네가 정열이라고 생각하는 것은 사실 목표를 향한 강한 힘을 의미하는 것이 아니라 마음과 세계의 충돌에 불과하지. 감정이 격해진다는 것은 목표를 이루는 데 하등 도움이 되지 못하네. 그것은 여기저기 흩어진 잘못된 목표를 추구하는 것이기에 그 끝은 긴장과 경직으로 이어질 뿐이라네."

또 시간이 흘러 크네히트가 명인이 되었을 때, 최고의 자리에서 오는 직무의 부담과 책임감에 힘들어하는 크네히트에게 음악 명인은 자신 역시 그런 고뇌를 겪어왔다고 털어놓는다. 그러면서 나이가 들어감에 따라, 그리고 지위가 올라감에 따라 명상이 더욱 필요함을 설명한다. 음악 명인 자신도 최고의 위치에서 모든 것이 싫증 나고 혼란스러웠던 이유가 명상을 게을리해 자신의 마음과 멀어져 있었기 때문이었다.

이러한 음악 명인의 고백은 현실에 발 딛고 사는 우리에게 꼭 필요한 조언이다. 우리는 나이가 들수록 현실의 삶에 빠져 그저 하루하루를 버티며 살아간다. 그렇게 외부의 요구와 책임이 늘어감에 따라 세상에 맞춰 사는 방법을 배우지만, 정작 자신의 마음은 잘 들여다보지 못한다. 이렇게 자신에게서 점차 멀어지는 우리에게 《유리알 유희》는 그럴수록 자기 내면을 섬세히 들여다보는 명상이 중요함을 알려준다.

"요제프, 세상과 스스로가 자기에게 요구하는 것이 많아질수록 그만큼 명상의 힘이 중요해지네. 명상을 통해 우리는 정신과 영혼의 끊임없는 화해를 이룰 수 있게 되지. 당장 눈앞의 과제나 욕망의 포로가 되어 이성을 잃었다는 것은, 그만큼 현실적인 것과 거리를 두고 마음을 돌아볼 힘을 잃어버렸다는 것이야. 이것은 인생에서 누구나 피할 수 없는 체험이지. 그것이 얼마나 부인할 수 없는 사실인지는 자신이 가야 할 길을 잃게 되면 그제야 깨닫게 된다네."

크네히드는 인생의 중요한 전환점에서 여러 번의 각성을 경험한다. 각성이란 기존 세계를 뒤바꿀만한 강렬한 경험과 그에 따른 영적인 깨달음을 말한다. 인생을 바꿀만한 외부의 사건은 주인공의 의지가 아니라 처음에는 우연처럼 느닷없이 다가온다. 물론 이 외부 사건은 그 자체로도 중요하다. 하지만 우연이 운명이 되기 위해서는 경험으로부터 연결되는 영적 깨달음이 반드시 필요하다. 인생을 바꾸는 각성의 경험은 아무에게나 오는 것은 아니라, 자신의 내면에 충실히 귀를 기울이며 이를 따를 용기가 준비된 자만이 결정적 순간에 이를 경험하고 실천할 수 있게 된다.

소명엔 여러 종류와 모양이 존재하지만, 소명의 시작과 그 의미는 언제나 동일하다. 소명은 내부의 꿈이나 예측이 아닌, 갑자기 일어나는 외부의 부름과 하나의 현실 사건으로부터 영혼이 반응하고, 변화하고, 더욱 높아지게 되는 것이었다.

마치 차가운 새벽 공기에 정신이 맑게 깨는 것처럼 온몸에 가벼운 전율이 흘렀다. 이 느낌은 이제는 실행에 옮겨야 한다는 것. 더는 고민하거나 망설여서는 안 된다는 것을 그에게 말해주었다. 생애 결정적인 순간마다 찾아오는 '각성'이란 독특한 이 느낌은 그에겐 익숙한 것이었다. 그것은 이별이자 시작이었으며 봄날의 폭풍처럼 숨겨놓은 내면의 밑바닥까지 모두 뒤흔들어 놓는 것이었다.

우리는 살면서 '나는 누구인가', '이 길이 내 길이 맞는가'라는 질문을 수없이 던진다. 이 질문에 대한 답은 구하는 자만이 찾을 수 있기에, 그 길은 항상 외롭고 불안하다. 이렇게 흔들리며 걷는 우리에게 헤세는 자아실현의 완성을 향해 명랑히 걸어가는 크네히트의 생애를 통해 각자의 외롭고 불안한 길을 격려한다.

끝으로 완전한 가르침을 갈망하는 어린 크네히트에게 음악 명인이 전한 조언과, 그 조언의 답이 담긴 크네히트의 창작 시를 소개한다. 크네히트는 카스탈리엔을 떠나기로 결심한 뒤 자신의 상황에 딱 맞는 시를 떠올린다. 그런데 그 시가 다름 아닌 바로 자신이 소년 시절 창작한 것임을 깨닫고 자기 안에 오래전 이미 답이 있었음을 알게 된다. '단계'라는 제목의 이 시는 그 자체로 자아실현의 상징이며 크네히트라는 인물이 갖는 삶의 지향점이자, 결국 그가 걸어온 길이 자신이 원했던 길이었음을 보여준다.

"진리는 분명히 존재하네. 하지만 그것은 가르침으로 배울 수 없네. 자네가 바라는 절대적이고 완전한 가르침이란 세상에 없네. 자네는 타인으로부터 완전함을 배우려고 하지 말고, 자네 스스로의 완성을 추구하게. 신성은 책이나 세상에 있지 않아. 자네 내부에 있지. 진리는 배우는 것이 아니라 체험되는 것이야. 늘 자신과 싸우게 요제프. 보아하니 이미 자네의 투쟁은 시작되었군."

모든 시작에 깃들어 있는 신비로운 힘은
우리가 생을 살아갈 수 있도록 지켜준다.

생의 어느 한 지점에 멈춰 서서
익숙한 편안함에 길드는 그 순간, 나태함이 밀려오니
언제든 떠날 준비가 된 자만이
습관이 주는 마비를 던져버릴 수 있으리.

생이란 쉼 없이 이어지는 것이니
그렇다면 좋다! 마음이여, 이별 앞에서도 굳건하여라!

– 요제프 크네히트, 〈단계〉

세계문학을 읽다 4

헤르만 헤세를 읽다

1판 1쇄 발행일 2023년 4월 24일

지은이 천민진

발행인 김학원
발행처 (주)휴머니스트출판그룹
출판등록 제313-2007-000007호(2007년 1월 5일)
주소 (03991) 서울시 마포구 동교로23길 76(연남동)
전화 02-335-4422 **팩스** 02-334-3427
저자·독자 서비스 humanist@humanistbooks.com
홈페이지 www.humanistbooks.com
유튜브 youtube.com/user/humanistma **포스트** post.naver.com/hmcv
페이스북 facebook.com/hmcv2001 **인스타그램** @humanist_insta

편집책임 문성환 **편집** 윤무재 **디자인** 이수빈
용지 화인페이퍼 **인쇄** 청아디앤피 **제본** 민성사

ISBN 979-11-6080-997-8 44800
979-11-6080-836-0 (세트)